Passion au haras

MAISEY YATES

Passion au haras

Traduction française de
LOUISE LAMBERSON

Azur

HARLEQUIN

Collection : Azur

Titre original :
THE SPANIARD'S UNTOUCHED BRIDE

HARPERCOLLINS FRANCE
83-85, boulevard Vincent-Auriol, 75646 PARIS CEDEX 13
Service Lectrices — Tél. : 01 45 82 47 47

www.harlequin.fr

ISBN 978-2-2804-1369-5 — ISSN 0993-4448

Prologue

Il n'embauchait pas de femmes.

Camilla Alvarez se regarda dans le miroir. Elle était une femme, pas de doute. Si elle avait un côté garçon manqué, elle n'en appartenait pas moins à la gent féminine, aux yeux de Matías Navarro.

Une immense tristesse s'abattit sur elle. C'était inconcevable. Perdre son père de façon aussi soudaine d'un infarctus, puis perdre le haras. Et les chevaux…

Autrement dit, son cœur.

Tout serait bientôt vendu pour couvrir les dettes de son père. Vendu à Matías Navarro.

Celui-ci avait été l'un de leurs plus farouches concurrents. Ses chevaux de course étaient les seuls capables de rivaliser avec ceux de Cesar Alvarez.

Le haras croulait sous les dettes, les millions dont parlait Cesar n'ayant été qu'un miroir aux alouettes. Tous les biens avaient été hypothéqués et les mensualités impayées depuis des mois.

Cesar avait été un idéaliste. Il s'était passionné pour son haras, ses chevaux, ses employés, mais avait laissé à la dérive la gestion indispensable à toute entreprise.

Camilla devinait comment les choses avaient pu se dégrader à ce point. Dépassé par la situation de plus en plus catastrophique, son père avait tout bonnement ignoré les problèmes.

Hélas, la réalité les avait rattrapés. Depuis le décès de

Cesar Alvarez, les agents de recouvrement la harcelaient. Elle se retrouvait seule. Sa mère, sans grande surprise, était partie en France, rejoindre l'un ou l'autre de ses nombreux amants. Celle-ci n'avait jamais dissimulé ses infidélités à son mari, au contraire. Et maintenant qu'il était mort, elle trouvait sans doute sa conduite justifiée, d'autant qu'elle disposait d'une petite fortune personnelle.

De son côté, Camilla s'était retrouvée sans rien après le décès de son père. Seul lui était resté le haras où elle avait grandi en toute liberté, où elle avait goûté le bonheur de courir pieds nus. De chevaucher jusqu'aux limites de la propriété, puis de s'aventurer au-delà, dans la campagne environnante.

Sa mère, héritière américaine, avait rarement séjourné au haras. En fait, elle ne s'était jamais habituée à la vie rurale, s'étant toujours considérée au-dessus de cette vie-là.

Pour Camilla, au contraire, le haras était son univers. Et aujourd'hui, elle avait tout perdu. Elle avait imploré les hommes de Matías venus chercher les chevaux. Elle les avait suppliés de l'emmener. Tant qu'elle pourrait rester avec ses compagnons de toujours, qu'elle serait avec Fuego, elle survivrait à la catastrophe.

Elle avait insisté, promettant d'accepter n'importe quel job. Mais l'homme au visage de marbre guidant l'étalon noir dans le van s'était contenté de secouer la tête en répondant que Matías Navarro n'embauchait pas de femmes.

Son père était parti. Ses chevaux aussi. Bientôt, Camilla serait expulsée du haras et n'aurait nulle part où aller. Elle ne toucherait aucun héritage. Elle n'avait rien ni personne.

Elle ne savait faire qu'une chose : s'occuper des chevaux. Elle les aimait. Fuego serait un champion, cela ne faisait pas l'ombre d'un doute. Mais elle seule pouvait le dresser. Elle seule pouvait le monter et l'entraîner. Il y avait encore beaucoup de travail à faire avant que l'étalon se laisse approcher par un autre cavalier. Matías Navarro le découvrirait bientôt à ses dépens.

Un étalon ne pouvant être dressé ne valait rien.

Et sans ses chevaux adorés, Camilla avait le sentiment que sa vie ne valait guère davantage.

Avec un soupir, elle scruta ses traits dans le miroir. Sa mère, beauté blonde et fragile, avait toujours déploré les airs de garçonne de sa fille, se lamentant sur son manque de charme et de grâce féminine.

Mais soudain, pour la première fois de son existence, Camilla était ravie de son physique. Parce que, au lieu d'être un handicap, il pourrait maintenant représenter un atout pour elle.

Se dirigeant vers la commode, elle ouvrit un tiroir et en sortit une paire de ciseaux. Puis elle saisit une longue mèche de cheveux noirs lisses et brillants et la coupa résolument au ras de l'oreille.

Elle avait trouvé la solution. Matías Navarro n'embauchait pas de femmes ? Très bien. Mais il aurait peut-être besoin d'un garçon d'écurie supplémentaire – surtout maintenant qu'il avait agrandi son cheptel.

1.

Camilla s'essuya le front tout en regardant le paysage désormais familier qui s'étendait devant elle. Embauchée au haras Navarro depuis deux mois, elle s'y sentait presque aussi bien que dans celui où elle avait vécu durant vingt-deux ans. *Presque*. Parce que rien n'était comparable au haras de son père.

Parfois, elle éprouvait le désir poignant de franchir le porche de la demeure familiale, pour y sentir les pavés rouges et inégaux sous ses pieds, et revoir les fissures des murs s'élargissant année après année.

Le haras Alvarez lui manquait cruellement. Comme un vieil ami qui aurait disparu du jour au lendemain. Et pour toujours.

Mais au moins, elle avait les chevaux. Bien que ce ne soit pas facile d'approcher Fuego. Matías Navarro avait en effet interdit à quiconque de pénétrer dans son box, hormis Juan, le responsable des écuries – et par ailleurs le plus doué de ses entraîneurs – et lui-même. Parce que, bien sûr, le dressage du fier étalon s'avérait difficile, comme Camilla l'avait prévu.

Dès le jour de son arrivée, elle avait décidé de garder ses distances vis-à-vis de Matías et de s'arranger pour ne jamais le croiser. Inutile d'attirer l'attention sur elle. Cependant, il devenait de plus en plus évident que si elle voulait s'occuper un tant soit peu de Fuego elle allait devoir se montrer et s'affirmer.

Tâche délicate, vu qu'elle avait été embauchée en se faisant passer pour un garçon de quatorze ans ne demandant que le gîte et le couvert pour tout salaire.

Par chance, on lui avait posé très peu de questions. De son côté, elle avait vite constaté que Matías ne manquait pas de générosité envers ses employés. Il s'intéressait aux jeunes en difficulté et considérait comme une mission de leur donner du travail.

En dépit de la réputation calamiteuse de sa famille, son patron paraissait être un homme bon. Si l'on oubliait son refus total d'embaucher des femmes. Obstacle que Camilla avait néanmoins réussi à surmonter en s'inventant un profil d'adolescent issu d'un milieu difficile, et qui se serait retrouvé sans domicile fixe si le haras Navarro ne lui avait ouvert ses portes.

À vrai dire, elle n'avait pas complètement menti puisque, sans ce job, elle se serait effectivement retrouvée à la rue.

En ces circonstances, sa décision était la plus raisonnable. Même si le fait de dissimuler son sexe et sa véritable identité n'était pas vraiment *raisonnable*.

Quoi qu'il en soit, avec ses cheveux coupés court, des vêtements amples et informes, elle passait inaperçue. Personne ne lui prêtait grande attention. Matías Navarro encore moins que quiconque. Quant à la belle fiancée angélique venue s'installer chez lui le mois dernier, elle n'avait pas même croisé son regard. La jeune femme, avec ses belles boucles blondes, ses yeux bleu clair et son teint d'albâtre, lui rappelait sa mère. Chaque fois que cette dernière s'aventurait hors de la grande maison, elle s'arrêtait régulièrement à l'ombre et s'enduisait la peau d'écran solaire.

Matías se montrait très attentionné vis-à-vis de la jeune femme, lui posant la main sur les reins ou lui prenant le bras, comme s'il craignait que, sans son soutien, sa compagne ne tombe.

Lorsqu'elle les observait tous deux à la dérobée,

Camilla ne pouvait s'empêcher de se demander ce qu'elle ressentirait si quelqu'un s'occupait ainsi d'elle. Personne ne s'était jamais montré gentil ou prévenant avec elle. Son père l'avait traitée comme le fils qu'il n'avait pas eu, la laissant libre et l'habituant aux durs labeurs. Quant à sa mère, elle l'avait toujours considérée comme un objet d'agacement et d'irritation, lors des rares moments qu'elles passaient ensemble.

Aucun de ses parents ne lui avait donné l'impression d'être précieuse ou fragile.

Haussant les épaules, elle reprit sa pelle à fumier et se remit à l'ouvrage. C'était bien mieux de travailler dehors, au soleil, où cela sentait bon la paille, les chevaux et l'herbe, plutôt que de rester cloîtrée dans cette demeure immense aux allures de manoir. Elle leva les yeux en plissant les paupières. À en juger par la position du soleil, Matías sortirait bientôt faire sa tournée, qu'il achevait immanquablement par l'écurie des étalons. Il tenterait sans doute d'emmener Fuego au manège pour le faire travailler à la longe.

Jusqu'à présent, cela ne s'était pas bien passé.

Chaque fois qu'elle en avait eu l'occasion, Camilla avait observé la scène par une fente de la porte en bois – lorsqu'elle était sûre de ne pas être surprise par le chef d'équipe qui l'aurait accusée de fainéantise. Pas question de se faire renvoyer.

Après s'être assurée que personne ne la voyait, elle rejoignit son poste habituel, rapprocha son œil de la fente, et cessa de respirer.

La longe en main, Matías se trouvait déjà au centre de la piste et parlait doucement à l'étalon. Fuego était superbe, sa robe luisait au soleil de la fin d'après-midi tandis qu'il rejetait la tête en arrière pour manifester son irritation et son impatience.

Camilla tourna les yeux vers Matías et sentit son cœur s'emballer.

Lui aussi était superbe. Et son attitude fière et son port de tête n'étaient pas sans rappeler ceux de l'étalon qu'il tentait de dresser. Les cheveux noirs repoussés du front mettaient en valeur la beauté des traits virils, la peau couleur de bronze. La chemise en coton blanc et déboutonnée jusqu'à mi-poitrine révélait le torse musclé et large, les manches roulées jusqu'aux coudes dévoilant les avant-bras puissants. Le pantalon d'équitation brun clair moulait les hanches étroites, ainsi que… d'autres parties de son anatomie.

Camilla côtoyait des jockeys depuis toujours. En général de petite taille, ceux-ci surveillaient constamment leur poids. Par conséquent, même si Matías possédait toutes les qualités requises pour faire un excellent jockey, il n'aurait jamais pu rivaliser avec ses concurrents à cause de son physique impressionnant.

Après avoir confié la longe à Juan, présent lui aussi, il recula jusqu'au bord de la piste, un fouet à la main, non pour frapper l'animal, mais pour ponctuer les consignes qu'il allait lui donner : changer d'allure, s'arrêter, tourner…

Mais, comme les fois précédentes, Fuego regimba. Puis il se cabra, si violemment qu'il faillit basculer en arrière. Bouillant de rage, Camilla poussa la porte sans plus réfléchir et s'avança vers l'étalon.

Le visage en feu, le cœur battant à tout rompre, elle cria à Matías :

— Vous êtes stupide, ou quoi ? Vous savez bien qu'il n'aime pas ça, pourtant vous insistez ! Il va finir par se blesser !

S'immobilisant soudain, elle se rendit compte de ce qu'elle avait fait. Après avoir réussi à ne pas se faire remarquer pendant deux mois, elle venait de hurler des reproches au maître des lieux… Et de l'insulter.

— Je vois, dit Matías en se dirigeant vers elle. Tu te prends pour un dresseur de génie, c'est cela ?

Ses yeux la transperçaient, la clouant sur place. Au

prix d'un effort surhumain, Camilla recula d'un pas en retenant son souffle.

— Non, répliqua-t-elle en veillant à baisser la voix. Mais je connais ce cheval.

— Qu'est-ce que tu entends par là ?

— Quand je suis venue ici…

Il fallait qu'elle trouve une explication… Et vite…

— Je n'ai pas menti en disant que si je n'étais pas embauchée je me retrouverais à la rue.

Sans tourner la tête, elle lança un regard en biais à Juan pour s'assurer qu'il l'entendait. Si nécessaire, il pourrait confirmer ses dires.

— Je travaillais au haras Alvarez. Je connais bien Fuego.

— Et tu nous le dis seulement maintenant ? rétorqua Matías avec un regard entendu à son chef d'écurie.

— Je ne l'avais pas précisé pour ne pas attirer l'attention sur moi. Mais maintenant, je vois bien que Fuego ne s'habitue pas à son nouvel environnement. Ni à ses nouveaux dresseurs. Je pourrais m'occuper de lui, le monter.

Immobile à deux mètres d'elle, Matías la dévisagea un instant en silence. Ou plutôt, dévisagea le gamin qui osait lui tenir tête.

— Tu veux me faire croire que Cesar Alvarez permettait à un freluquet comme toi de monter son plus précieux étalon ? Que cet animal t'obéit ?

— Oui, affirma Camilla en redressant le menton. Je sais comment m'y prendre avec lui.

Elle avait toujours su y faire avec les chevaux difficiles. Comme son père. C'était un don. D'après Cesar Alvarez, ou bien on l'avait, ou bien on ne l'avait pas. Il était fier d'avoir transmis ce talent à sa fille.

— Je ne te laisserai pas approcher cet animal.

— Pourquoi ? demanda-t-elle. Qu'avez-vous à perdre ?

— Il ne s'agit pas de perdre quelque chose mais de prendre le risque de me retrouver face à une situation plus qu'embarrassante. Je préférerais ne pas devoir répondre à un enquêteur qui me demanderait des précisions sur les circonstances d'un accident survenu dans mon haras.

— Ne vous inquiétez pas, je ne vais pas me rompre le cou, affirma Camilla. En revanche, Fuego pourrait se casser une jambe, si vous continuez à le dresser de cette façon. J'ai entendu dire que vous étiez très doué en la matière, *señor* Navarro, mais je n'ai encore rien vu qui honore cette réputation.

— Tu crois que c'est en insultant ton patron que tu seras embauché à long terme ?

— Je croyais que vous appréciez la franchise. Mais peut-être préférez-vous que je flatte votre orgueil ? Vous ne seriez pas le premier.

— Vraiment ? fit Matías en haussant un sourcil.

— Durant l'année où j'ai travaillé pour Cesar Alvarez, j'ai vu défiler pas mal de propriétaires immensément riches, mais incapables de dompter leur monture.

— Je suis un cavalier et un dresseur. Pas seulement un homme riche.

— Vous êtes avant tout un homme d'affaires. Il n'y a rien de honteux à cela.

À ces mots, Matías eut une réaction totalement inattendue. Il éclata de rire.

— Allez, gamin ! Viens nous montrer ce dont tu es capable !

Incrédule, Matías dévisagea l'adolescent qui soutenait son regard avec aplomb. Aucun adulte n'aurait osé s'adresser à lui sur ce ton. Encore moins un membre du personnel. Quel âge pouvait-il avoir, ce gamin ? Quatorze ans ? Quinze ?

Autrement dit, l'âge ingrat. Celui de toutes les impertinences, de toutes les audaces. L'âge où l'on se croit tout permis.

Adolescent, il avait fait preuve de la même impétuosité. Un tempérament qu'il avait conservé. À trente-trois ans, le milliardaire puissant qu'il était devenu était cependant considéré comme parfaitement sensé.

En dépit des responsabilités qui pesaient sur ses épaules, et à l'inverse des autres mâles de la famille, Matías avait des principes auxquels il ne dérogeait jamais. Il se souciait du haras et du personnel qui y travaillait. Ainsi que du village soutenu par le haras.

Ce n'était pas le cas de son grand-père, lequel traitait tout cela comme un jeu. Matías ne se laisserait pas manipuler pour autant. Le vieil homme les avait montés l'un contre l'autre, lui et son frère, Diego, les soumettant à des exigences bien précises. S'ils les satisfaisaient tous les deux, chacun hériterait de la moitié du patrimoine familial à sa mort.

Mais si un seul y parvenait… il hériterait de tout.

Matías ne doutait pas de l'emporter sur son frère. Le mariage dans un délai imparti représentant la condition principale imposée par son aïeul, il avait organisé le sien deux mois plus tôt. Il connaissait Liliana Hart depuis des années pour l'avoir rencontrée lors de divers événements mondains, accompagnée de son père. Ce dernier ayant clairement laissé entendre qu'il ne serait pas opposé à leur union, Matías y avait vu une opportunité.

Il était ainsi. Décidé. Pas opportuniste comme son grand-père ou son frère. Il faisait ce qu'il fallait, quand il le fallait. Et il récoltait toujours les fruits de ses efforts.

Quant au gamin qu'il s'était attendu à voir battre en retraite et s'excuser platement, il avait fait front, et Matías ne pouvait que l'admirer pour ça.

Obéissant à son ordre, le jeune adolescent s'avança sur la piste, l'air renfrogné. Comment pouvait-il imaginer pouvoir dompter l'animal ? L'étalon possédait un potentiel fantastique. Hélas, il refusait de plier, en dépit de tous les efforts et du temps que lui consacrait Matías.

S'il était téméraire, le gamin n'avait pas tort, le concernant. Certes, Matías était un excellent juge en matière de chevaux et un dresseur expérimenté, mais il était aussi un homme d'affaires. Son travail l'obligeait souvent à s'éloigner du haras et à laisser d'autres que lui s'occuper des chevaux.

Il appartenait à une vieille famille espagnole qui avait produit des champions depuis de nombreuses générations. Mais l'élevage avait cessé depuis longtemps de représenter leur seule source de revenus, aussi Matías était-il impliqué dans diverses multinationales géantes réparties dans le monde entier, le siège de sa société étant basé à Londres.

Son statut lui permettait de travailler où bon lui semblait, ses partenaires en affaires se seraient déplacés sans problème pour aller le rencontrer dans le lieu de son choix, mais il devait néanmoins voyager un tant soit peu.

Le garçon s'approcha de l'étalon, lequel sembla instantanément se calmer. Sans la moindre frayeur, il leva la main et la présenta aux naseaux de Fuego. Le cheval en renifla la paume qui lui était sans doute familière car il s'immobilisa. Le gamin saisit la longe, près de la bride, puis tourna les yeux vers Matías et hocha la tête une fois, l'invitant à lâcher l'autre extrémité.

Matías s'exécuta.

Le gamin rapprocha le visage des naseaux de l'animal en le caressant doucement et en lui parlant d'une voix douce, mais Matías était trop loin pour comprendre ses paroles. Comme par magie, l'étalon se laissait faire sans regimber.

— Je ne vous avais pas menti, dit le garçon en se tournant vers lui. Fuego me connaît. Il n'est pas encore dompté, il ne m'obéissait pas toujours. Mais je peux le monter et le dresser de façon que quelqu'un d'autre puisse le monter par la suite. C'est indispensable, si vous voulez le faire courir. Je n'en ferai jamais une monture facile, mais je peux adoucir son tempérament. Ensuite, vos jockeys pourront prendre la relève, j'imagine.

— C'est bien la première fois que je laisse un enfant entraîner mes chevaux, dit Matías en se tournant vers Juan.

— Manifestement, Cesar Alvarez ne s'en privait pas répliqua celui-ci.

Matías regarda le gamin.

— Très bien. Quelles que soient les tâches qui t'incombaient jusqu'ici, tu en es déchargé. Fuego est sous ta responsabilité, désormais. Fernando Cortez sera le jockey qui le montera, par conséquent, tu travailleras avec lui le moment venu. Mais tu commences seul.

— Entendu, dit le gamin en redressant la tête.

Soudain, il parut un peu plus âgé que Matías ne l'avait pensé. Mais c'était peut-être à cause de son air bravache.

— Parfait, acquiesça-t-il.

Au moment où il allait se détourner pour s'en aller, le gamin demanda :

— Vous ne voulez pas connaître mon nom ?

— Si je sais comment tu t'appelles, cela fera de toi un meilleur entraîneur ?

— Non.

— Alors, peu importe ton nom.

Cette fois, le jeune adolescent se contenta de battre des cils en silence.

— Et les autres chevaux du haras Alvarez ? Tu es aussi proche d'eux que de Fuego ?

— Oui, je les connais tous, répondit-il sans le regarder.

— Alors tu travailleras avec eux, déclara Matías. Mes entraîneurs tiennent un carnet de bord, Juan te montrera comment faire. De cette façon, je pourrai suivre tes avancées sans avoir à te parler. Je préfère ça.

— Compris.

— C'est parce que je suis un homme d'affaires, pas seulement un dresseur, ajouta Matías, pince-sans-rire.

L'ombre d'un sourire passa sur les lèvres du gamin. Ce fut très fugitif, mais Matías eut le temps de l'apercevoir.

Il s'éloigna en souriant. Tout semblait tourner en sa faveur. Son mariage était assuré – même si, pour l'instant, Liliana se cantonnait à sa suite plutôt que de venir le rejoindre dans la sienne.

La transition avait sans doute été trop rapide pour elle. De partenaire en affaires de son père, il était devenu son fiancé du jour au lendemain. De toute évidence, elle avait besoin de temps pour s'y habituer.

Cela ne le dérangeait pas. Il était patient, en toutes choses. Bientôt, il aurait rempli les conditions imposées par son grand-père et le contrôle du patrimoine familial lui reviendrait. Enfin.

Son aïeul aurait bien dû savoir qu'il ne fallait pas le provoquer. Avec lui, un défi ne demeurait jamais lettre morte.

2.

Camilla ferma les robinets, s'essuya rapidement et enfila les vêtements propres qu'elle avait emportés avec elle. Après un bref coup d'œil dans le miroir, elle soupira. Mon Dieu, quelle tête elle avait… Ses cheveux repoussaient et se dressaient dans tous les sens. Il allait déjà falloir les recouper, songea-t-elle en se coiffant avec les doigts.

Prenant ses affaires, elle sortit en catimini des douches collectives avant de refermer la porte sans faire de bruit.

Ne disposant que d'un lavabo dans sa chambre, par ailleurs confortable et pas minuscule, elle devait guetter le moment propice pour faire sa toilette seule. Les quelques collègues résidant comme elle sur place étaient tous des hommes, naturellement. Quant aux autres, qui ne vivaient pas au haras, à cette heure-là, ils étaient tous rentrés chez eux.

Ses affaires sous le bras, Camilla hâta le pas, peu désireuse de croiser quiconque. Au moment où elle tournait à l'angle du bâtiment, elle s'arrêta net en voyant la haute silhouette désormais familière venir à sa rencontre. La démarche, déterminée et souple à la fois, était reconnaissable entre mille.

— Excusez-moi, dit-elle, le cœur battant. Je…

La suite de la phrase resta en suspens tandis qu'elle croisait le regard de Matías.

— J'étais sorti faire un tour et j'ai aperçu de la lumière, répliqua-t-il d'une voix dure. Tout va bien ?

— Oui, je… J'avais besoin de prendre une douche.

— Pas de problème.

Camilla acquiesça d'un hochement de tête et s'avança, mais au moment de passer à côté de Matías, son bras heurta le sien, musclé et ferme, si bien qu'elle trébucha et laissa tomber ses affaires qui se répandirent à ses pieds.

— Hé, du calme… ! s'exclama-t-il en se tournant vers elle.

Horrifiée, elle le vit se pencher pour ramasser ses vêtements, ainsi que la large bande beige dont elle se servait pour se comprimer la poitrine.

Matías se redressa en fronçant les sourcils.

— Tu t'es blessé ?

— Non… Je…, balbutia-t-elle, les joues en feu. J'avais un peu mal au poignet, c'est tout. Fuego refusait d'obéir à mes consignes et j'ai dû tirer sur la longe pour le faire obtempérer.

Mentir n'était pas dans ses habitudes mais, de façon surprenante, ces paroles avaient jailli toutes seules.

— L'articulation était un peu enflée, poursuivit Camilla. Mais tout est rentré dans l'ordre, à présent.

— Très intéressant. Parce que j'ai parcouru tes notes tout à l'heure et je n'ai rien lu concernant l'incident.

— Cela ne valait pas la peine d'être consigné, répliqua-t-elle à la hâte.

— Comprends-moi bien, mon garçon. Ce n'est pas ta santé qui me préoccupe. Si Fuego refuse de…

— Tout va bien. Il est très réactif.

Soudain, elle se sentit gagnée par un trouble incontrôlable. Son corps lui aussi était très réactif… Notamment à la proximité de l'homme superbe qui se tenait là, tout près. Si près qu'elle sentait sa chaleur virile se propager en elle.

— Du moment que tu en es sûr…

— Oui, affirma Camilla.

L'espace d'un instant, elle crut voir une expression dubitative empreindre les traits de Matías. Le cœur lui martelant la poitrine, elle le contempla en silence. Jamais elle n'avait vu d'homme aussi beau. Alors que lui, il ne voyait en elle qu'un adolescent attifé. Ce qui était le but du déguisement.

Même si elle avait été habillée en femme, il n'aurait pas fait attention à elle. Aucun homme ne l'avait jamais remarquée. Sans doute à cause de son manque de féminité.

Au contraire, Liliana était la grâce personnifiée. Un peu comme la mère de Camilla, américaine elle aussi. La fiancée de Matías incarnait douceur, féminité et beauté. En comparaison, elle-même se sentait affreusement gauche et sans attrait.

Par rapport à cette beauté diaphane, elle possédait un seul atout : son bilinguisme, l'espagnol de Liliana étant catastrophique.

Mais cette faiblesse ne semblait nullement déranger Matías. En outre, il conversait souvent avec sa fiancée en anglais, qu'il parlait à la perfection.

— Sois prudent, dit-il avant de se détourner.

Elle le regarda s'éloigner à grands pas vers l'imposante demeure dont les larges fenêtres brillamment éclairées trouaient au loin la quasi-obscurité. Une sensation à la fois délicieuse et torturante l'envahit, qui n'avait plus rien à voir avec la frayeur d'être découverte. Il s'agissait d'un tout autre phénomène. D'une chose impossible et terrifiante, qui devait être ignorée à tout prix.

Fernando Cortez allait faire la connaissance de Fuego et Matías allait bien sûr assister à la rencontre, avec sa fiancée qu'il avait réussi à persuader de l'accompagner.

Une fois assis à côté d'elle sur le banc avec dossier qu'il avait fait installer à l'ombre, il la contempla à la dérobée. Ses cheveux tombaient en cascades de boucles blondes sur ses fines épaules et son dos, une partie d'entre eux étant relevés sur le dessus de la tête et maintenus par une pince ornée de fleurs, d'un rose délicat semblable à celui de ses joues. Et de ses lèvres. Comme souvent, Liliana ne portait aucun maquillage. Sans doute pour faire ressortir sa beauté naturelle.

Il avait trouvé en elle l'épouse idéale. La femme exquise que de nombreux hommes lui envieraient. Notamment son frère. Car Diego était non seulement tombé en disgrâce, mais il serait bientôt déshérité. En effet, il ne parviendrait jamais à se marier à temps pour remplir les conditions exigées par leur grand-père, si bien que Matías se retrouverait seul à la tête de l'empire familial. Le haras Navarro lui reviendrait, ainsi que tout le cheptel.

En outre, il éliminerait toute possibilité de voir son frère s'immiscer dans ses affaires, éventualité qui ne laissait pas de le préoccuper. Il était hors de question que Diego devienne copropriétaire de son entreprise, même en tant qu'actionnaire minoritaire, au prétexte que pour démarrer sa société, Matías avait puisé dans les caisses familiales – lesquelles reviendraient pour moitié à Diego s'il se trouvait une fiancée appropriée à temps.

Après la mort de sa première épouse, dont la disparition avait été entourée de nombreuses rumeurs, Diego avait quitté le pays et menait une vie de débauché en Europe, se constituant une fortune par le truchement de transactions plus ou moins louches. C'était du moins ce que Matías avait entendu raconter par diverses sources.

Lui et son frère n'avaient jamais été proches, mais après le décès de leur mère, le fossé s'était encore approfondi entre eux. De plus en plus sombre, l'aîné s'était retiré en lui-même. Puis les écarts de conduite s'étaient succédé, il avait détruit des meubles précieux, des œuvres d'art, mis le feu au bâtiment où leur père entreposait sa collection de voitures anciennes. Tandis que de son côté, Matías s'était protégé, s'entourant de murs invisibles.

Chacun avait trouvé sa façon de survivre à une enfance difficile, auprès d'un père violent dont le comportement frisait souvent la folie. Matías avait fait profil bas, suivant la voie qu'il s'était choisie seul, diamétralement opposée à celle de son père. Alors que Diego, à l'inverse, avait de toute évidence préféré prendre modèle sur le chef de famille.

Par conséquent, il était hors de question qu'il obtienne le contrôle du patrimoine familial. Matías ne le permettrait pas. Ces terres avaient déjà suffisamment souffert du vivant de leur père. Et auparavant, sous le joug du grand-père, à l'époque où celui-ci régnait sur l'empire Navarro.

Matías épouserait Liliana et tout serait résolu.

— C'est un beau cheval, dit sa fiancée en s'adossant aux coussins qu'il avait fait apporter pour qu'elle soit installée confortablement.

Se tournant vers la petite table en teck, elle souleva le verre de citronnade fraîche qu'un membre du personnel venait de déposer à son intention.

Matías la regarda refermer délicatement les lèvres autour de la paille transparente. Ou bien sa future épouse était totalement innocente en matière de sexe, ou bien elle jouait très bien le rôle de la jeune vierge ignorante des choses de l'amour. Dans un cas comme dans l'autre, il n'y voyait aucun inconvénient. Mais ne sachant à quoi s'en tenir, il préférait garder ses distances avec elle, pour l'instant.

— Oui, Fuego est un animal superbe. Mais par ailleurs un peu trop lunatique. Jusqu'à présent, il ne se laisse approcher que par ce garçon d'écurie.

— Dommage, répliqua Liliana en haussant un sourcil au dessin parfait. Car il est trop jeune pour le faire courir, je suppose ?

— En effet. C'est pour cette raison que Fernando Cortez vient faire la connaissance de Fuego aujourd'hui.

Comme pour confirmer ses paroles, le jockey entra au même instant dans le manège et s'avança vers le garçon d'écurie, avant d'échanger quelques mots avec celui-ci. Quand Fernando lui prit la longe, le gamin parut nerveux, presque inquiet.

— J'espère qu'il ne va pas faire l'imbécile.

— Le garçon ou le jockey ? s'enquit Liliana.

— Les deux, répondit-il en scrutant le gamin.

Les bras croisés – et l'air carrément furieux, à présent –, celui-ci regardait Fernando se rapprocher de Fuego.

Avant que Matías ait le temps de réagir, l'adolescent se précipita vers l'étalon qui commençait à paniquer.

Matías bondit en poussant un juron étouffé et se précipita à son tour.

Le cheval se cabra, renversant Fernando, et dans le mouvement, l'un de ses sabots atteignit le gamin sur le côté de la tête. Matías vit le front s'ouvrir, le sang couler, puis le jeune garçon tomber près de Fuego.

De son côté, Fernando s'était déjà relevé et battait prudemment en retraite. *Viré !* fulmina Matías en son for intérieur. Et il veillerait à ce que tous les propriétaires de haras soient au courant de son incompétence. Mais tout d'abord, il devait s'assurer que le plus jeune de ses employés était vivant.

Il se pencha et posa la main sous le nez du gamin. Dieu soit loué, il respirait… Mais il saignait abondamment et avait perdu connaissance. Matías déchira sa manche de chemise et pressa l'étoffe sur le front livide, avant de soulever le corps mince dans ses bras et de traverser rapidement le manège.

— Appelle un médecin ! cria-t-il à Liliana en passant.

Aussitôt, il la vit soulever son sac.

Certain qu'elle ferait ce qu'il fallait, il se dirigea à grands pas vers le 4x4 garé à la sortie du manège.

3.

Camilla se sentait confuse, mais lorsqu'elle reprit ses esprits, elle fut traversée par une flambée de colère, puis par une douleur lancinante qui lui arracha un gémissement.

— Qu'est-ce que j'ai ? demanda-t-elle en se posant la main sur le côté de la tête.

— Tu as reçu un coup de sabot. Le choc a été violent, mais ça va aller. Reste tranquille, surtout.

Quand elle souleva les paupières, la lumière lui fit mal aux yeux et elle les referma aussitôt, non sans avoir eu le temps de constater qu'elle se trouvait à l'arrière du 4x4 de Matías et que celui-ci conduisait.

— Oui, ça aurait pu être pire s'il m'avait frappée de plein fouet.

— Comment t'appelles-tu ?

À en juger par le ton impérieux nuancé d'une pointe d'inquiétude, elle avait intérêt à répondre. Et vite.

— Cam.

C'était le prénom qu'elle avait indiqué à tous ceux avec qui elle travaillait.

— Eh bien, fais tout ton possible pour rester éveillé, Cam. Il ne faudrait pas que tu t'endormes et que tu ne te réveilles pas, hein ?

— Non…, murmura-t-elle en se forçant à rouvrir les yeux.

Ensuite, Camilla fit de son mieux pour les garder ouverts durant tout le trajet à travers l'immense propriété. Matías roulant très vite, il s'arrêta bientôt devant chez lui, sortit rapidement du véhicule et vint ouvrir la porte arrière. Puis il se pencha pour la soulever dans ses bras puissants.

Tout à coup, Camilla se sentit plus faible, mais cette faiblesse ne venait ni du coup de sabot ni de sa blessure à la tête. Il s'agissait d'une délicieuse langueur provoquée par la sensation des bras de Matías l'enveloppant, du corps chaud et viril. Ainsi blottie contre lui, elle avait le sentiment d'être précieuse. Spéciale.

Quelle idiote ! Il la portait comme le gamin blessé qu'elle était censée être, point final.

— Le médecin va arriver, dit-il en l'allongeant sur un sofa, dans un vaste salon.

Elle se concentra sur le mobilier de la pièce, la décoration. Histoire de rester éveillée. Et de ne pas songer à la chaleur et aux étranges frémissements qui la parcouraient de la tête aux pieds.

Cet état bizarre était dû au choc. Forcément.

— Cela aurait pris trop de temps de t'amener aux urgences, poursuivit Matías. S'il faut t'hospitaliser, je te conduirai en ville, naturellement. Mais je préfère que quelqu'un t'examine dès maintenant.

À ces mots, Camilla se sentit *complètement* réveillée. Parce que si un médecin l'examinait, elle allait avoir un sérieux problème. Et si on l'emmenait à l'hôpital…

Mais elle ne pouvait en parler à Matías. Ni se lever et partir en courant pour aller se réfugier dans sa chambre. Elle n'en aurait pas la force, de toute façon.

Étendue sur le dos, elle contempla les moulures du plafond, l'imposant lustre ancien en cristal…

— Ce n'est pas moi qui ai choisi la décoration. Mon appartement de Londres et celui de Barcelone sont d'un tout autre style.

— Je… Je la trouve pas mal…

— Naturellement. Dis-moi, depuis combien de temps étais-tu sans abri ?

— Je ne… Jusqu'à la mort de Cesar Alvarez, j'étais logée et nourrie. Mais après, je me serais retrouvée à la rue si vous ne m'aviez pas embauchée.

— Et avant de travailler pour Cesar Alvarez ?

Camilla se mordit la langue. Elle allait devoir s'inventer un passé. Subitement, elle repensa au gamin qui avait travaillé au haras pendant quelque temps, avant que son père l'envoie dans une bonne école en assumant tous les frais de scolarité. Les parents étaient morts, et, le jeune n'ayant pas été signalé aux services sociaux, il s'était retrouvé tout seul. C'étaient des voisins, qui travaillaient par ailleurs au haras Alvarez, qui avaient parlé de lui à leur patron.

— Je n'ai jamais connu mon père, commença-t-elle.

Mon Dieu, si Cesar l'entendait…

— Et j'avais à peine neuf ans quand ma mère est morte. Je me suis débrouillée toute… tout seul durant un moment, puis je suis allée trouver Cesar Alvarez. Il m'a donné du travail. Il m'a envoyée à l'école. Mais ce que j'aime le plus, c'est m'occuper des chevaux. Alors, je suis retournée travailler au haras Alvarez.

— Moi aussi, je les aime, répliqua Matías. J'ai cet amour dans le sang. Ce haras appartient à ma famille depuis plusieurs générations et il représente beaucoup pour moi.

— Si vous êtes chez vous ici, pourquoi ne faites-vous pas refaire la déco de la maison ?

Matías s'installa dans le fauteuil faisant face au sofa et se pencha pour prendre la bouteille de xérès posée devant lui sur la table basse.

— Cette maison ne m'appartient pas, dit-il en versant le liquide doré dans un verre.

Il porta celui-ci à ses lèvres, but une gorgée, puis le reposa sur la table.

— Enfin, pas encore, reprit-il. Dans l'immédiat, mon grand-père est très malade et il nous a imposé des conditions, à moi et à mon frère, à remplir avant sa mort. Si nous y parvenons tous les deux, ses biens seront partagés entre Diego et moi. Si un seul y parvient, il héritera de tout.

— Quelles sont ces conditions ? demanda Camilla en battant des cils.

— C'est bien que mon histoire te maintienne éveillé, mais je t'en ai assez dit, Cam. J'ajouterai seulement que je ne m'attends pas à voir mon frère remplir les conditions en question. Diego n'est pas quelqu'un de bien.

— On raconte…

Il inclina la tête sur le côté, l'air subitement très intéressé.

— Qu'est-ce qu'on raconte ?

Jamais elle n'aurait dû s'aventurer sur ce terrain.

— Qu'il est responsable de la mort de sa femme.

— Oui, j'ai entendu parler de ces rumeurs.

— Et vous, vous le croyez ?

— Quand il s'agit de Diego, j'ai tendance à croire le pire. Mais…

Il s'interrompit en fronçant les sourcils.

— Je ne crois pas qu'il ait tué Karina. Je ne dis pas qu'il n'a pas sa part de responsabilité dans sa mort. Il n'a pas essayé de se disculper, c'est tout à fait lui. Mais pourquoi l'aurait-il tuée ? Difficile de lui trouver un mobile.

— Les gens parlent aussi de vous, dit Camilla sans réfléchir.

— Ah ?

— Ils disent que vous ne… Que vous n'embauchez pas de femmes.

Elle jouait à un jeu dangereux. Mais Matías ne la regardait jamais vraiment. Pas plus que les autres membres du personnel. Sans être désagréable ou méprisant avec eux pour autant. Il débordait d'énergie et ne s'attardait jamais bien longtemps sur quiconque ou quoi que ce soit.

— C'est vrai, dit-il en hochant la tête.

— Pour… Pourquoi ? Vous pensez qu'elles ne savent pas y faire avec les chevaux ?

— Bien sûr que non ! s'exclama-t-il avec un geste de la main. Tu n'y es pas du tout ! Le problème, c'est qu'elles tombent toutes amoureuses de moi.

Cette explication mit Camilla mal à l'aise. Parce qu'elle-même n'était pas insensible à son charme. Sans pour autant être amoureuse de lui, bien sûr.

— Tu comprendras peut-être un jour de quoi je parle. Quand tu seras un peu plus âgé.

— Je le comprends déjà, répliqua-t-elle, agacée par le ton paternaliste de Matías.

— Mais oui, bien sûr…, fit-il en riant.

— Vous n'êtes pas très ouvert d'esprit, en fin de compte.

Manifestement surpris, il la regarda en haussant un sourcil interrogateur.

— Des hommes pourraient aussi tomber amoureux de vous.

À ces mots, il éclata franchement de rire.

— C'est possible, je suppose, vu mon charme irrésistible ! Mais je n'ai encore jamais trouvé d'employé homme m'attendant dans ma chambre, complètement nu.

— Oh…, murmura Camilla, suffoquée.

— Eh oui…

Un vertige lui monta à la tête. La pièce commença à tourner autour d'elle, dans un mélange de bleu, blanc et doré.

— Hé, reste avec moi, Cam.

Rester avec lui ?

— Ne t'endors pas.

Évidemment. Il ne lui demandait pas de rester avec lui, là, dans sa maison…

Sa confusion redoubla. Elle préférait l'époque où Matías n'était pour elle qu'un homme impitoyable prêt à tout pour mettre la main sur les chevaux de son père. Un individu bassement intéressé profitant de l'état calamiteux du haras Alvarez et des dettes de Cesar.

C'était plus simple, à ce moment-là. Mais à présent,

Camilla ne le voyait plus comme un redoutable prédateur. Il pouvait se montrer gentil, voire doux, et semblait se soucier sincèrement du sort d'un simple petit employé. Même s'il avait dit clairement qu'il ne désirait pas se retrouver impliqué dans une enquête.

Soudain, la porte du salon s'ouvrit sur un homme d'un certain âge portant une sacoche de cuir noir – le médecin, de toute évidence – suivi de Juan. Ensuite, elle fut soumise à une auscultation en bonne et due forme. Mais, Dieu merci, le médecin déclara rapidement qu'il n'était pas nécessaire de l'hospitaliser.

Puis il la regarda dans les yeux et pria Juan et Matías de sortir.

— Comment t'appelles-tu ? demanda-t-il dès que la porte se fut refermée sur les deux hommes.

— Cam.

— Quel âge as-tu ?

— Quatorze ans, répondit Camilla en détournant les yeux.

— Tu as des parents ?

— Non.

Le médecin lui prit le menton pour la forcer à le regarder.

— Tu vas te décider à me dire la vérité ?

Son regard fouillait le sien, bien trop perspicace.

La bouche affreusement sèche, elle secoua la tête, avant de laisser échapper un petit gémissement de douleur.

— Je ne peux pas vous en dire davantage, docteur.

— Écoute-moi bien, *Cam*. J'aime beaucoup Matías. Je l'ai connu tout gamin. Quand son père le malmenait et qu'il se retrouvait avec un œil au beurre noir, c'était moi qu'un membre du personnel appelait à l'aide. Il compte toujours énormément pour moi. Alors, je ne permettrai pas que quelqu'un profite de lui, tu m'entends ?

— Je ne cherche pas à profiter de lui

— Je te crois. Même si je ne sais pas trop pourquoi. Peut-être parce que je passe presque tout mon temps avec les gens, à les soigner, les écouter, les regarder. Si ta petite ruse a fonctionné avec Matías jusqu'à présent, c'est pour une seule raison : les gars comme lui apprennent très tôt à ne jamais regarder quelqu'un de trop près. Tandis que moi…

Il s'interrompit, l'air songeur.

— Je n'ai rien de grave, docteur ?

— Non. Mais tu vas te reposer un peu et tu ne travailleras pas pendant quelques jours. Je vais en parler à Matías.

Quand le médecin eut quitté la pièce, Camilla fut envahie par une crainte atroce. Était-il en train de révéler son secret à Matías ? Son instinct lui disait qu'elle pouvait faire confiance à cet homme simple et humain.

Et puis, s'il avait eu l'intention de dévoiler la supercherie, il n'aurait pas fait sortir les deux autres après avoir compris qu'il avait affaire à une femme.

Néanmoins, cela ne l'empêcha pas d'attendre le retour de Matías avec appréhension.

Il revint cinq minutes plus tard, la mine sombre et l'air mécontent.

— Le médecin vient de me demander de faire préparer une chambre pour toi ici, chez moi. Pour que tu sois plus confortablement installé et que tu puisses appeler quelqu'un la nuit en cas de besoin. C'est l'affaire de quelques jours, a-t-il dit.

— Merci, murmura Camilla.

— Pas de problème. La gouvernante va venir te chercher et te conduire à ta chambre.

L'instant d'après, il avait disparu, la laissant seule avec ses pensées confuses.

À présent, elle se sentait coupable. Matías lui offrait l'hospitalité alors qu'elle lui avait menti. Cependant, elle n'avait pas agi avec de mauvaises intentions. Elle agissait dans l'intérêt de Fuego.

Et d'elle-même. Après avoir perdu son père et le haras,

elle n'avait pu supporter la perspective de perdre aussi les chevaux.

Quelques instants plus tard, Camilla découvrit qu'en fait une bonne partie du personnel de la maison était constituée de femmes.

— Je croyais que Matías Navarro n'embauchait pas de femmes, dit-elle à Maria, la gouvernante.

— Il n'embauche pas de *jeunes* femmes, rectifia celle-ci, âgée d'une bonne cinquantaine d'années. En particulier pour travailler avec les chevaux. Quand il est au haras, le patron est rarement à la maison, mais il passe presque tout son temps aux écuries. Alors, c'est ceux qui travaillent là-bas qu'il côtoie le plus.

Elle secoua la tête en soupirant.

— Il y a quelques années, il a eu affaire à des femmes qui se sont conduites d'une drôle de façon avec lui, croyez-moi…

Après avoir tiré les rideaux de la large fenêtre, la gouvernante lui conseilla de se mettre au lit et retourna vaquer à ses occupations, la laissant de nouveau seule.

Un peu soulagée par ces éclaircissements, Camilla enfila l'un de ses sweat-shirts qui avait été apporté pour elle. Apparemment, elle n'avait pas recouru à la ruse pour rien, c'était déjà ça. Parce que sinon…

Elle soupira. Il fallait qu'elle cesse de s'inquiéter, maintenant. Et qu'elle se repose, le médecin avait raison. À présent, elle en ressentait vraiment le besoin.

Après avoir ôté son jean, elle se glissa sous la couette recouverte d'une housse d'une douceur inouïe. Cela faisait si longtemps qu'elle n'avait joui d'un tel confort… Une éternité…

Elle essaya de rester éveillée, juste pour savourer le plus longtemps possible la merveilleuse sensation de bien-être qui l'enveloppait. Mais garder les yeux ouverts s'avéra vite impossible, si bien qu'elle finit par renoncer à lutter et se laissa sombrer dans le sommeil.

4.

Réveillé par un hurlement, Matías crut d'abord qu'il rêvait. Ce jour enfoui au plus profond de sa mémoire le hantait encore la nuit, ses rêves se peuplant alors de chevaux et de femmes poussant des cris effroyables.

Cependant, il réalisa vite que quelqu'un avait bel et bien crié.

Liliana. En proie à un affreux mélange d'émotions, de souvenirs se mêlant au présent, il se précipita vers la suite de sa fiancée. Jamais il n'aurait dû faire venir une femme dans cette maison. Surtout pas une créature aussi délicate.

Il aurait bien dû savoir que la malédiction des Navarro referait surface.

Ridicule. Elle faisait un cauchemar. Ou avait vu une araignée, se dit Matías en poursuivant son chemin. Mais à cet instant, il entendit les cris de Maria et cette fois, il fut traversé par une véritable frayeur.

Le cœur lui martelant les côtes, la sueur perlant à son front, il courut vers la chambre de Liliana dont la porte était grande ouverte, ainsi que la fenêtre, les rideaux de dentelle ondulant doucement sous la brise.

La suite se trouvait au troisième étage.

Elle ne s'était tout de même pas…

Glacé, il se précipita vers la fenêtre, s'attendant presque à la voir gisant dans l'herbe, sa chemise de nuit étalée autour d'elle. Mais, Dieu soit loué, il n'y avait personne.

Parcourant du regard la vaste pelouse, il aperçut la mince

silhouette vêtue de blanc, ses cheveux blonds soulevés par le vent. Mais Liliana n'était pas seule. Une ombre noire semblait l'envelopper, la tenant serrée contre son flanc.

Diego.

Matías en fut certain. Il le comprit dans sa chair.

Son frère lui avait volé sa fiancée.

Déjà, tous deux avaient disparu.

Se retournant, il donna des ordres brefs à Maria et aux quelques membres du personnel qui attendaient dans le couloir. Soudain, il vit le gamin, pétrifié à deux mètres de lui.

— Retourne te coucher, ordonna-t-il.

— Que s'est-il passé ?

— Liliana a été enlevée.

Le gamin poussa un juron étouffé.

— Par qui ?

— Par mon frère.

Camilla n'ayant toujours pas l'autorisation de retourner travailler, elle se retrouvait cloîtrée à la maison. Elle errait dans les couloirs, les halls, bien trop exposée à son goût.

Heureusement, personne ne faisait plus attention à elle, comme cela avait été le cas après son stupide accident. Tout le monde était maintenant concentré sur la recherche de Liliana Hart. Diego s'était introduit dans la chambre de celle-ci en passant par la fenêtre, équipé d'une corde d'alpiniste, avait-elle appris peu après l'épisode rocambolesque.

Elle, de son côté, se retrouvait seule avec ses interrogations. Quel genre d'homme était vraiment le frère aîné de Matías pour lui voler ainsi sa fiancée ? Par ailleurs, elle ne pouvait s'empêcher de repenser aux paroles du médecin. Comment un père pouvait-il maltraiter ainsi son fils ? À en croire le médecin de la famille, il s'agissait là d'une habitude.

Quelle horreur… Il lui suffisait d'y songer pour frémir d'indignation.

Camilla ne se souvenait pas avoir déjà entendu parler du père de Matías et Diego. Les rumeurs tournaient toutes autour de l'aîné des deux frères. On parlait beaucoup de la mort de sa femme enceinte et des circonstances ayant entouré le décès.

S'il existait toutes sortes de ragots au sujet de Diego, on chantait les louanges de la famille. Quelle hypocrisie !

Entendant un bruit de pas, elle alla se réfugier au fond de la bibliothèque où elle était entrée pour passer le temps, et s'assit dans un fauteuil, à côté de la cheminée. Seules les flammes dansant dans le foyer et une petite lampe posée sur un guéridon éclairaient la pièce.

— Aucune trace ? demanda soudain la voix de Matías derrière la porte.

— Non, aucune. Nous avons fouillé la propriété et les alentours, mais ils avaient disparu lorsque nous sommes arrivés à l'endroit où la voiture avait été abandonnée.

Matías laissa échapper un rire bref et sardonique.

— Connaissant mon frère, j'imagine qu'un hélicoptère les attendait un peu plus loin.

— Êtes-vous certain qu'il s'agissait de votre frère ? demanda la voix inconnue.

— Oh oui. Je le sais capable de tout.

— Je suis vraiment désolé. Mais s'ils ont quitté l'Espagne, nous ne pouvons plus faire grand-chose. Nous n'avons aucune piste.

— Et Diego n'a pas encore refait surface dans un autre pays européen. Mes hommes surveillent ses différents repaires, or pour l'instant, il semble se terrer dans un lieu connu de lui seul.

— Nous allons tout mettre en œuvre pour le retrouver. Il ne pourra pas revenir dans le pays à notre insu, soyez-en sûr.

Nouveau bruit de pas, puis Camilla entendit Matías

prendre congé de l'agent de police. Sa voix était tendue. De toute évidence, il n'avait pas grande confiance dans leur capacité à résoudre l'enquête.

Comme la porte de la bibliothèque s'ouvrait, Camilla se renfonça dans le fauteuil. Elle ne souhaitait pas être seule avec Matías. Cela avait déjà été assez éprouvant de se retrouver étendue sur le sofa avec lui installé en face.

En outre, dès qu'il se tenait à proximité d'elle, elle se sentait toute petite. Matías était si imposant, si charismatique. Une sensation étrange se déployait dans sa poitrine, puis des endroits de son corps dont elle n'avait jamais eu conscience jusqu'alors se mettaient à frémir de façon incontrôlable.

Près de Matías, elle prenait conscience de sa féminité, pour la première fois de sa vie.

— Cam, dit-il en s'avançant dans la pièce. Je ne m'attendais pas à te trouver ici.

— Excusez-moi, répliqua-t-elle en se levant. Je vais aller m'installer ailleurs.

Il l'arrêta d'un geste.

— Pas de problème, tu peux rester.

— Je suis désolée, pour Liliana.

En fait, elle l'était… en partie seulement. D'un côté, elle s'inquiétait pour la jeune femme, mais de l'autre, elle ne regrettait pas sa disparition, à sa grande honte.

— Moi aussi. Je dois la retrouver. Je n'ai pas le choix.

— Vous allez la retrouver, c'est certain.

— J'aurais bien dû me douter que si Diego ne comptait pas céder aux exigences de notre grand-père il ferait tout pour m'empêcher d'y parvenir de mon côté.

— Votre grand-père doit forcément…

— Mon grand-père n'est pas quelqu'un de bien. Dans ma famille, les hommes sont prêts à tout pour arriver à leurs fins. Je fais partie d'une lignée d'individus dénués de toute morale, de tout principe, Cam.

Il rit, mais d'un rire sans joie, féroce.

— Peu importe que j'aie tout fait pour me distinguer d'eux. Mon grand-père ne s'encombre pas de scrupules. Je ne pense pas qu'il soit impressionné par ce qui m'est arrivé. Je soupçonne même qu'il prendra le parti de Diego. À ses yeux, un homme digne de ce nom doit *prendre* ce qu'il convoite, par la force s'il le faut. Par conséquent, je suppose qu'il louera l'ingéniosité de mon frère.

— Je n'arrive pas à l'imaginer…

— Parce que tu ne connais pas ma famille. J'aurais dû m'y attendre : les femmes qui épousent un Navarro ne s'en sortent jamais bien.

— Vous faites allusion à votre belle-sœur ?

Il la regarda quelques instants en silence, comme s'il hésitait à se confier davantage. Puis, à la grande surprise de Camilla, il s'assit dans le fauteuil installé de l'autre côté de la cheminée et posa les avant-bras sur les accoudoirs. Elle contempla ses mains, fascinée par leur force, leur masculinité. Depuis toujours, elle avait été entourée d'hommes, et pourtant, Matías était… à part. Singulier.

— Oui, je pense à elle, répondit-il. Mais aussi à ma mère.

Il écarta les jambes, prenant une pose décontractée, presque paresseuse, en contraste avec la tension qui exsudait de tout son être. Il aurait pu bondir à tout instant, pressentit Camilla.

— Mon grand-père est surtout… un excentrique, poursuivit-il. Mais mon père… Il avait l'âme noire, depuis toujours. C'était un homme violent. Parfois, il traversait de longues périodes de rage frisant la folie. Il était impossible à contenter et reportait sa fureur sur Diego et moi. Et sur notre mère. Elle, si délicate et si jolie, a énormément souffert durant toutes ces années. Jusqu'à sa mort. Le jour où elle est tombée de cheval et s'est rompu le cou.

Il se tut, le regard fixe et vide. Sans doute revivait-il ces moments tragiques. Et il ne s'adressait pas à elle, comprit Camilla. Il parlait pour lui-même, devant celui qu'il prenait pour un gamin insignifiant.

Le bruit d'un vibreur de téléphone résonnant soudain, il enfonça la main dans sa poche et en sortit un appareil dont il fixa l'écran en plissant le front.

— Allô !

— Matías ? répliqua une voix de femme.

D'aussi près, Camilla l'entendait parfaitement et reconnut d'emblée l'accent américain.

— Je suis si contente d'avoir réussi à te joindre.

— Liliana ? Où es-tu ? Où t'a-t-il emmenée ?

— Je n'en sais rien.

— Comment cela ? Tu ne sais pas où tu es ? Tu es blessée ?

— Non non, je vais bien. En fait, je t'appelle pour te demander de cesser les recherches.

La voix résonnait de façon étrange, un peu mécanique, triste.

— Je n'avais pas l'intention de te tromper, ni de te faire du mal. Mais je ne pouvais pas t'épouser, parce que c'est Diego que je veux. Je suis partie avec lui de mon plein gré. Si j'ai crié, c'est uniquement parce qu'il m'a fait peur. Je te tenais délibérément à distance, Matías. J'ai toujours voulu te compliquer la tâche, t'empêcher d'atteindre ton but, pour pouvoir épouser ton frère. Je n'ai pas été enlevée. Ne cherche pas à me retrouver.

— Liliana…

— Ne dis rien, Matías. S'il te plaît. Je regrette de m'être comportée ainsi avec toi, mais il n'y a plus rien à faire. Nous sommes déjà mariés, Diego et moi. Ce qui signifie que… Tu sais ce que cela signifie. Tout lui reviendra. Si tu ne te maries pas de ton côté, tout sera à lui. Il est trop tard. Nous sommes mariés, légalement. Il est trop tard.

— Liliana…

L'air abasourdi, il contempla de nouveau l'écran de l'appareil, puis le foudroya du regard.

— Il ne faut pas la croire, dit Camilla. J'ai eu l'impression qu'elle était en détresse.

— Elle l'a épousé, je n'y peux rien. Mon frère est un scélérat mais pas un monstre. Il n'aurait jamais forcé une femme à s'unir à lui contre son gré.

Quand il se pencha légèrement en avant et laissa tomber son smartphone sur la table basse, la lumière projetée par les flammes fit ressortir les reliefs de son beau visage viril.

— J'ai été stupide de croire que Diego se complairait dans sa vie dissolue sans réagir à la provocation de notre grand-père. Je voyais la situation de mon point de vue et j'allais m'engager dans un vrai mariage, tandis que lui ne pensait qu'à se marier par intérêt. Dès qu'il aura obtenu ce qu'il convoite, il se séparera sans doute de Liliana.

— Mais vous aussi, vous vouliez l'épouser pour répondre aux conditions imposées par votre grand-père, non ?

Pourquoi lui poser cette question ? Manifestement, son ex-fiancée comptait vraiment pour Matías. Sinon, il n'aurait pas été aussi ébranlé. La pensée qu'il puisse aimer Liliana était insupportable à Camilla. Si elle se trouvait mesquine de réagir ainsi, elle ne pouvait s'en empêcher.

— Oui, mais je voulais que notre mariage fonctionne. Je ne suis pas porté sur l'amour, comprends-moi bien. Enfin, tu es sans doute trop jeune… L'amour n'a jamais fait partie du projet. Cependant, je ne voyais pas d'objection à me marier, à avoir une femme, des enfants.

Il secoua la tête.

— C'était trop simple, j'aurais dû m'en rendre compte.

— Combien de temps vous reste-t-il ?

— Plus que deux semaines. Diego est intelligent, il avait bien prévu son coup.

— Et si c'était du bluff ? Ils ne sont peut-être pas mariés…

— Non, la coupa-t-il d'un ton incisif. Il n'aurait aucune raison de mentir, d'autant qu'il sait que cela ne ferait que me pousser à l'action. S'il n'avait pas épousé Liliana, il se tiendrait tranquille.

Cédant à une impulsion, Camilla tendit la main et lui

effleura le dos de la main, avant de reposer aussitôt la sienne sur ses genoux.

Puis elle se leva et resta immobile devant l'âtre pour dissimuler le trouble qui l'avait envahie.

— Ça alors ! s'exclama Matías d'une voix dure.

Elle se tourna vers lui. Il la fixait, les traits figés par la colère, les yeux étincelant à la lueur du feu. Puis, se levant à son tour, il la prit par les bras et la tint devant lui.

— Quel rôle avez-vous joué dans cette histoire ? Répondez ! Avez-vous participé à ce complot d'une manière ou d'une autre ?

5.

Quel crétin !

Le soi-disant gamin était en réalité une femme ! Comment avait-il pu se laisser berner ainsi alors qu'à la regarder de près, éclairée par le feu crépitant dans la cheminée, la réalité crevait les yeux ?

Il avait embauché une femme, dans ses écuries. Et pas n'importe laquelle. Une vulgaire menteuse doublée d'une aventurière sans scrupule.

— Répondez-moi ! ordonna Matías en resserrant son étreinte.

C'était si évident, à présent. Elle n'avait ni l'ossature ni la musculature d'un jeune adolescent. Comment avait-il pu ne pas s'en rendre compte, quand il l'avait portée dans ses bras après l'accident ?

Elle était costaud, certes. Sans doute pour avoir travaillé avec les chevaux. Mais elle ne possédait pas la robustesse d'un jeune ayant vécu à la dure à la campagne.

En dépit de sa force physique, il y avait de la douceur en elle. Matías regarda son visage. Elle avait les pommettes trop délicates, pour un garçon. Plus d'un top model lui aurait probablement envié ce visage mince aux traits aussi singuliers que bien dessinés. Cette beauté à la fois étrange et, oui, singulière. Une fois maquillée, elle deviendrait même spectaculaire.

À vrai dire, il ne savait plus que penser de la métamorphose qui venait de s'opérer sous ses yeux. Il ressentait de la colère. Parce qu'il ne pouvait supporter d'avoir été dupé de façon aussi grossière. Et par deux personnes coup sur coup, de surcroît. Trois, même, en comptant Diego, lequel n'avait même pas eu le cran de l'appeler lui-même.

— Avez-vous aidé Diego à pénétrer dans la propriété ? Travaillez-vous pour lui ?

Les différents morceaux du puzzle se mettaient en place. Les questions posées par le prétendu gamin sur son refus d'embaucher des femmes, sur son besoin de se marier. Elle avait jaugé la situation. Évidemment !

Mais si elle croyait s'en tirer impunément, elle allait vite déchanter.

— Non, répondit l'inconnue, les yeux brillants.

Sa voix avait un accent différent, plus féminin. Elle ne cherchait plus à la modifier, à présent.

— Je n'ai jamais aidé votre frère ou Liliana. Je n'ai rien à voir dans cette histoire.

— Pourquoi vous être fait embaucher ici, dans ce cas ?

— À cause des chevaux.

Les yeux bruns, presque noirs, ne brillaient plus, voilés de larmes.

— Je suis la fille de Cesar Alvarez. Ces chevaux m'appartenaient et j'aurais fait n'importe quoi pour rester avec eux. Vous devez comprendre cela, non ? Je ne suis pas venue chez vous pour profiter de vous. Je l'ai fait pour eux, et pour moi.

Devait-il la croire ? Avait-elle vraiment été motivée par son amour des chevaux ? Il savait que Cesar Alvarez croulait sous les dettes. Par conséquent, sa fille se retrouvant sans le sou après sa mort, elle aurait très bien pu se laisser soudoyer par un salopard comme Diego.

— Je vous jure que je n'étais pas en relation avec Liliana ou Diego, reprit-elle, l'air désespéré. Je ne connais pas votre frère, je ne l'ai jamais rencontré. Comme je vous l'ai dit, je suis venue ici pour les chevaux, pour être sûre que Fuego soit traité à sa juste valeur. C'est tout ce qu'il me reste, les chevaux. Ma mère est partie s'installer à Paris, vous pouvez le vérifier facilement. Vous pouvez aussi faire examiner mon téléphone portable et vous aurez la preuve que je n'ai jamais été en contact avec votre frère. Je n'ai appelé personne depuis mon arrivée, et personne ne sait que je suis ici.

Une pointe d'amertume avait coloré ses dernières paroles. Comme si elle regrettait de devoir admettre qu'elle était seule au monde, que personne ne se souciait de son sort.

— Quel âge avez-vous ? demanda Matías.

— Vingt-deux ans.

Elle tremblait, à présent. De la tête aux pieds.

— Vous êtes une femme, donc. Pas une adolescente.

Hochement de tête silencieux.

— Et vous voulez être avec les chevaux, les faire travailler.

— J'ai *besoin* d'eux, et ils ont besoin de moi. Sans moi, vous ne pouvez pas dresser Fuego, vous le savez. Vous l'avez constaté par vous-même et vous avez vu ce qui arrive quand d'autres tentent de travailler avec lui. Vous n'allez tout de même pas le faire monter par cet imbécile de Fernando ?

— Bien sûr que non. Je l'ai renvoyé aussitôt après l'accident.

— Pour l'instant, je suis la seule à pouvoir travailler avec lui, insista-t-elle.

— C'est si important pour vous ? Parce que si je ne réussis pas à contrer mon frère, il obtiendra tout, y compris vos précieux chevaux. Vous ne voulez pas que cela arrive, n'est-ce pas ?

— Non.

— Vous m'avez trompé, dit-il en l'attirant vers lui.

Il savoura son petit mouvement de recul, apprécia sa tentative de lui résister.

— Je suis désolée, reprit-elle d'une voix mal assurée.

Cela n'avait vraiment rien à voir avec vous. Enfin, si. Parce que si vous ne refusiez pas d'embaucher des femmes…

— Je n'ai de place à offrir à une femme que pour un seul rôle, actuellement. Et maintenant, je me demande si vous et moi avons suffisamment d'intérêts communs pour que vous puissiez remplir ce rôle.

L'air confus, elle tenta à nouveau de se dégager.

— Je ne comprends pas.

— Oh si, je pense que vous me comprenez très bien.

Après lui avoir lâché les bras, il recula d'un pas.

— En tant que garçon d'écurie, vous m'avez été utile, mais seulement par rapport à Fuego. En tant que femme, vous pouvez l'être de bien d'autres façons. Comment vous appelez-vous ?

Matías sourit malgré lui.

— Et cette fois, je veux connaître votre *vrai* prénom.

— Camilla. Camilla Alvarez.

Bien sûr. Il avait entendu parler d'elle, mais sans jamais la rencontrer. Une brillante cavalière réputée pour son don exceptionnel avec les chevaux, comme son père, Cesar.

La femme idéale pour lui, au fond. Et à plus d'un titre. À présent, il n'avait plus l'intention de s'engager à vie, naturellement. Mais il n'en avait pas moins besoin d'une épouse. Et rapidement.

Or Camilla avait elle aussi besoin de quelque chose.

Par conséquent…

Il avait trouvé la solution. Elle était là, devant ses yeux.

— Vous désirez rester avec vos chevaux et vous occuper de Fuego, n'est-ce pas, Camilla ? Eh bien, j'exaucerai votre souhait, mais à une condition : vous deviendrez ma femme.

6.

Camilla eut l'impression qu'un gouffre s'ouvrait sous ses pieds. Tout avait basculé lorsque sa supercherie avait été découverte. Et maintenant, non seulement Matías savait qui elle était, mais il venait de lui demander de l'épouser.

Quelle folie ! Jamais elle n'avait embrassé un homme. Jamais elle ne s'était approchée aussi près d'un membre du sexe opposé. Or voilà que Matías la maintenait contre lui, les yeux étincelants – de rage, pas de passion.

— Je… Je ne comprends pas…, dit-elle à nouveau. Vous…

— J'ai besoin d'une épouse, l'interrompit-il de la même voix dure. Mon frère s'en est trouvé une, et si je ne veux pas tout perdre, il me faut une femme. Vous avez vous aussi un intérêt dans cette histoire, parce que si Diego devient propriétaire de ce haras les chevaux seront à lui, et vous ne voulez pas que cela arrive. N'imaginez pas qu'il vous gardera ou qu'il se souciera du bien-être de vos précieux chevaux. Diego n'a rien d'un tendre, croyez-moi.

— Pas pour toujours… Je veux dire : je ne serai pas votre femme *pour toujours.*

Il la gratifia d'un haussement d'épaules.

— Nous nous contenterons d'un mariage factice. Mais tout sera légal. Mon grand-père ne vivra pas éternellement, et une fois que sa succession sera réglée, vous pourrez recouvrer votre liberté.

— Le mariage sera annulé, n'est-ce pas ?

— Non, dit-il fermement. Rien ne doit mettre en doute la légitimité de notre union. Je ne prendrai pas le risque que Diego aille se plaindre devant un juge. Comme je vous l'ai déjà dit, je le crois capable de tout, ou presque. Il m'a volé ma fiancée, après tout.

Camilla se sentait de plus en plus confuse, et vulnérable. Un véritable chaos régnait dans son esprit, tandis que des sensations malvenues embrasaient ses sens.

— Comment s'y est-il pris, à votre avis ?

— Il a séduit Liliana, je suppose. Elle répugnait à partager mon lit et maintenant, je comprends pourquoi !

Ces paroles s'emmêlèrent dans son esprit déjà embrouillé.

— Liliana ne…

— Je ne couchais pas avec elle. C'est important pour vous ?

— Non. Mais comme vous vouliez que votre mariage fonctionne, de façon durable, je pensais que…

— Liliana se présentait comme une jeune femme… innocente, la coupa-t-il de nouveau avec un mépris manifeste. Elle disait ne pas me connaître suffisamment.

— Ah…

— À présent, je soupçonne que son refus ne venait pas de son innocence. Elle s'était déjà donnée à mon frère.

— À moins qu'elle n'ait été vraiment enlevée contre son gré, répliqua doucement Camilla. Et que Diego l'ait forcée à vous parler comme elle l'a fait au téléphone.

— C'est une possibilité. Quoi qu'il en soit, je n'ai pas le temps de me perdre en suppositions. Il me reste deux semaines pour me marier. Je n'aurais aucun mal à trouver une remplaçante à Liliana, mais je ne veux pas éveiller les soupçons de mon grand-père.

— Vous pensez qu'il appréciera que votre frère se soit abaissé jusqu'à enlever votre fiancée pour vous doubler ?

— Oui, parce que c'est tout à fait dans le style de Diego ! répliqua Matías avec un petit rire dur et méprisant. Mon frère est un joueur. La brebis galeuse. Moi je suis… le bon, le gentil, et mon grand-père serait probablement ravi de me voir lui faciliter la tâche en restant fidèle à mon code de l'honneur. Il trouverait amusant que j'échoue à remplir ses conditions. C'est pour cette raison que je veux le persuader que notre relation est bien réelle et que je n'ai pas pris la première venue pour remplacer Liliana.

— Si je comprends bien, du moment que personne ne connaît la vérité, cela ne vous dérange pas de déroger à vos principes ?

— Est-ce que je vous force la main, Camilla ? demanda-t-il avec hauteur. Au lieu de recourir à la force, je vous propose un arrangement qui nous sera profitable à tous les deux. Vous voulez vos chevaux, vous désirez rester ici afin de pouvoir les entraîner et je vous le permettrai, à condition que vous m'aidiez. Parce que je dois garder le contrôle du haras pour que cela soit possible. Et de ma société. Si Diego héritait de tout le patrimoine familial, il pourrait finir par obtenir une part de l'entreprise que j'ai créée tout seul. Je ne le tolérerai pas.

Il s'interrompit un bref instant en plissant les yeux.

— Tandis que si nous héritons chacun de la moitié des biens, je serai en mesure de lui proposer un arrangement qui le tiendra à l'écart de mes affaires. J'ai la conviction que Diego veut avant tout gagner, plus qu'il ne désire contrôler le haras et ce qui s'y passe. De mon côté, cet endroit représente beaucoup pour moi. Je vis ici depuis des années, pas lui. J'ai entretenu une relation avec les chevaux, la terre. Vous devez comprendre de quoi je parle, non ?

En effet, Camilla comprenait la passion de Matías, son désir de rester au haras, parce qu'elle les partageait. Elle avait ressenti la même chose pour les lieux où elle avait grandi. Le haras Alvarez, les terres, la maison, tout cela lui manquait terriblement.

— J'accepte, dit-elle. À une condition.

— Laquelle ? demanda-t-il, impassible.

— Quand nous divorcerons, je récupérerai le haras de mon père.

Silence. Il se contenta de la regarder, les traits indéchiffrables.

— Ce n'est pas rien, répliqua-t-il enfin.

Elle croisa les bras et redressa le menton.

— Vous épouser non plus.

— Vous pensez valoir des millions ?

— Oui, répondit-elle sans ciller. Ou du moins, j'estime que votre demande en mariage les vaut.

— Vous espérez n'être que mon épouse de convenance et ressortir de ce mariage avec un haras ?

— Et mes chevaux. Pas Fuego. Je comprends très bien que vous ne vouliez pas renoncer à lui. Mais les autres, ceux qui ne seront jamais des champions, je les veux.

— Et vous voudriez aussi continuer à voir Fuego – je me trompe ?

— Bien sûr. Connaissez-vous quelqu'un d'autre qui puisse l'entraîner ? Et passer le relais au jockey qui le montera ? Non, je ne crois pas.

— Vos exigences sont excessives. Vous ne m'offrez pas suffisamment en échange.

— Je vous propose de rester votre femme aussi longtemps que vous aurez besoin de moi.

Reculant d'un pas, il la considéra lentement de la tête aux pieds. Son regard passa sur elle comme une caresse brûlante, la faisant frissonner tout entière.

— Si vous m'offriez votre corps, le marché serait plus équitable et je serais plus enclin à l'accepter.

Camilla se crispa. Pas de dégoût, mais de crainte. Matías avait deviné l'attirance qu'elle ressentait pour lui. Et il se moquait d'elle, parce que, après avoir été fiancé à une beauté aussi délicate et féminine que Liliana, il ne pouvait pas la trouver séduisante. Surtout accoutrée comme elle l'était et avec ses cheveux coupés n'importe comment.

— Non, vous avez besoin de vous marier, c'est tout.

Si vous voulez une prostituée, vous avez les moyens de vous en offrir une.

Elle redressa le menton d'un cran supplémentaire pour ajouter du crédit à ses paroles, à sa prétendue assurance. Cependant, elle savait que les options de Matías étaient limitées, sinon, il ne lui aurait jamais proposé de l'épouser.

Mais s'il était choqué par sa réplique, il n'en laissa rien paraître.

— Fascinant, dit-il. Vous ne manquez décidément pas d'audace. Lorsque je vous prenais pour un garçon, j'attribuais cela à votre jeune âge. À quatorze ans, un jeune se croit capable de tout. À tort. Mais c'est rare de voir cela chez une femme.

— Je ne sais pas si c'est un compliment ou une insulte.

— Ni l'un ni l'autre. Ce n'était qu'une simple remarque, prenez-la comme vous voudrez. La plupart des gens seraient intimidés par moi, mais pas vous, visiblement. Cela me dérange. Mais si vous acceptez de m'épouser, je céderai à vos exigences : vous aurez tout ce que vous avez demandé.

Le cœur battant à tout rompre, elle tendit la main à Matías.

— J'accepte. Je serai votre femme.

Il baissa les yeux sur sa main tendue.

— Vous espérez conclure ce marché avec une poignée de main ?

— Oui. Parce que, pour moi, il s'agit d'une transaction d'affaires, rien de plus. Vous avez raison : je suis quelqu'un d'audacieux et j'ai confiance en mes capacités.

Elle devrait pourtant se montrer prudente… Parce que, hormis sa personne, elle ne possédait rien qui puisse intéresser Matías. Après avoir représenté un obstacle, le fait qu'elle soit une femme se transformait en atout. Aussi n'hésiterait-elle pas à s'en servir pour récupérer le haras Alvarez, ce qu'elle n'aurait jamais cru possible. Il suffisait d'épouser Matías. Ensuite, elle serait libre. Libre de chevaucher à travers les oliveraies comme autrefois, de courir pieds nus sur les pavés chauffés par le soleil.

— OK, marché conclu, dit-il en prenant sa main.

Quand il la serra dans la sienne, Camilla sentit un tremblement naître au plus profond de son être. Mais elle l'ignora.

— Parfait, enchaîna Matías. Demain, j'appellerai mon grand-père pour lui expliquer que j'ai changé de fiancée. Ensuite… Nous tâcherons de vous rendre présentable.

Le lendemain matin, lorsque Matías prit son téléphone pour appeler son grand-père, il bouillait encore de colère.

Liliana avait été parfaite. Et maintenant, il allait devoir transformer une jeune femme aux allures de garçon manqué en fiancée élégante et sophistiquée. Ce qui représentait une véritable gageure. Surtout en un délai aussi court.

Camilla devrait posséder un pouvoir d'attraction susceptible de rivaliser avec celui de Liliana. Le fait que celle-ci soit devenue la compagne de Diego arrangeait Matías, finalement. Cela lui éviterait de passer pour le goujat de l'histoire.

— Bonjour, Matías, dit son grand-père de sa voix à la fois rocailleuse et racée.

En dépit de la maladie qui l'affaiblissait de jour en jour, il conservait son ton autoritaire. C'était cet homme dur et impitoyable qui avait engendré son père, après tout. Lequel avait conçu à son tour Diego, entretenant ainsi une lignée de mâles ignorant la différence entre le bien et le mal. Et dépourvus de toute notion d'humanité.

Or Matías ne voulait pas perpétuer cette tradition abominable. Il ne ressemblait en rien à son frère et à son père. Ni à son grand-père.

— Bonjour. Je suppose que Diego t'a annoncé qu'il s'était trouvé une fiancée.

Le vieil homme pouffa.

— En effet. Bien que, d'après ce que j'ai compris, il ait littéralement *pris* une fiancée. La tienne.

— Oui, c'est le terme adéquat, acquiesça Matías. Mais en fait, il m'a rendu service. Au moins, je n'aurai pas à briser le cœur de Liliana.

— Vraiment… ? fit son grand-père d'un ton franchement dubitatif et quelque peu ironique.

— J'ai rencontré quelqu'un d'autre, poursuivit Matías d'une voix ferme. Jusqu'ici, j'étais coincé par mon engagement envers Liliana.

En prononçant de telles paroles, il ne faisait qu'entretenir le jugement de son grand-père sur ses petits-fils : Diego le méchant, et lui le noble, le bon. La manière dont il gérait la situation sans déroger à ses principes ne manquerait pas d'amuser son aïeul.

— Par conséquent, sa disparition t'arrange, c'est bien ce que tu es en train de m'expliquer ?

— Oui, en quelque sorte. Mais comme les choses se passent rarement bien dans la vie, je suis très content de la tournure que prend la situation. J'avais embauché une jeune femme pour travailler aux écuries et j'avoue que j'ai vite été fasciné par ses capacités. Elle possède un véritable don avec les chevaux. Je suis tombé amoureux d'elle avant même de m'en rendre compte, je crois. Cependant, je n'ai jamais violé mon engagement envers Liliana car je suis un homme de parole, comme tu le sais. Maintenant, tout a changé et Camilla Alvarez va devenir ma femme. Tu as dû entendre parler de sa famille, de son père, Cesar Alvarez, du temps où tu t'occupais de chevaux et que tu travaillais au haras. Tu as même dû avoir l'occasion de le rencontrer.

Son grand-père pouffa de nouveau.

— Oui. Cesar. Il n'est pas mort récemment ?

— Si, en effet. Et j'ai récupéré les chevaux de son haras. C'est comme cela que j'ai rencontré Camilla.

— Quelle histoire passionnante. Mais j'avoue que j'ai un peu de mal à y croire.

— Je ne te demande pas d'y croire. Je voulais simplement t'annoncer que je vais épouser Camilla dans le délai imparti. Elle sera parfaite pour moi. Elle dirigera brillamment le haras à mes côtés. Elle aime les chevaux et…

— Et toi ? le coupa son grand-père. Elle t'aime ?

— Peut-être pas autant qu'elle les aime.

À ces mots, son aïeul éclata de rire.

— J'apprécie ta franchise, Matías, et ton respect de mes conditions – que tu sembles bien être le seul à considérer sérieusement. Je trouve tout cela très amusant !

— Je suis toujours ravi de pouvoir apporter un peu de divertissement et de légèreté dans ta vie, grand-père.

— Tu vas présenter ta nouvelle fiancée au gratin de la haute société, la semaine prochaine ? Lors du bal de charité de Barcelone ?

— Probablement, répondit Matías d'un ton détaché.

— Parfait. Tu sais que mon état de santé m'empêche de m'y rendre, mais je regarderai les photos dans le journal.

— Je n'en attends pas moins de toi, grand-père.

— À bientôt, Matías. Je serai invité au mariage, n'est-ce pas ?

Matías reposa son portable et sourit. Il triompherait de tous les obstacles, quitte à devoir céder à des exigences qu'il trouvait inacceptables. Puisque c'était le prix à payer, il y consentait. Parce qu'il ne laisserait jamais Diego l'emporter.

En attendant, il avait du pain sur la planche : embaucher styliste, coiffeuse, maquilleuse, acheter une bague… Aussi ne perdrait-il pas son temps à songer aux mauvais côtés de la situation.

Il ferait ce qu'il fallait, comme d'habitude. En veillant à ce que tout soit accompli en bonne et due forme.

7.

Le lendemain, Camilla se trouva transportée dans un univers presque… surréaliste.

Elle venait à peine de se lever que Maria vint la chercher pour la conduire dans une suite somptueuse, dont la chambre était bien plus grande et agréable que celle où elle avait dormi depuis son accident – et que celle qu'on lui avait attribuée en tant que Cam, simple garçon d'écurie. En outre, sa nouvelle chambre était plus féminine que celle d'autrefois, au haras Alvarez.

Il ne lui fallut pas longtemps pour comprendre qu'il s'agissait de l'ancienne suite de Liliana et se remémorer qu'elle ne serait jamais que la remplaçante de cette dernière.

Si la gouvernante fut surprise par son changement de statut, elle n'en montra rien. Lorsque deux employés apportèrent un portant auquel était suspendue une garde-robe complète, elle ne manifesta pas plus d'étonnement. Ni quand ils revinrent avec une immense corbeille contenant tout un éventail de produits de toilette des plus raffinés et sans aucun doute hors de prix.

— Vous allez prendre un bain, dit-elle d'un ton neutre. Ensuite, vous avez rendez-vous avec une styliste.

— Je… Très bien, acquiesça Camilla, désarçonnée.

— Vous vous demandez sans doute pourquoi je ne suis pas surprise, reprit Maria. Eh bien, c'est parce que je l'ai su dès le premier instant où je vous ai vue, que vous n'étiez pas un garçon.

— Pourtant, Matías…

— Il ne s'était rendu compte de rien parce qu'il prend le temps de regarder autour de lui uniquement quand il juge que c'est important.

— Je vois.

— Je n'en suis pas sûre. Mais ça viendra.

Dès que la gouvernante eut disparu, Camilla se rendit dans la salle de bains et contempla les flacons de savon liquide, de sels aux couleurs pastel, les exfoliants, gels, laits corporels… Dévissant les bouchons, elle huma quelques-uns des produits avant de choisir des sels parfumés à la lavande.

Ensuite, elle se déshabilla et se réjouit à la perspective de ne plus avoir à se comprimer les seins. Ni après le bain, ni jamais plus.

La baignoire bleu ciel lui plaisait beaucoup. De forme sabot mais spacieuse, celle-ci reposait sur des pieds en bronze figurant des pattes de lion. Camilla ouvrit les robinets, en bronze eux aussi, et versa des sels de bain dans l'eau. Aussitôt, un délicieux parfum de lavande se répandit dans l'atmosphère.

Dès que la baignoire fut remplie, elle s'installa dans l'eau brûlante et ferma les yeux en soupirant de bien-être.

Les mois de chagrin, de stress, s'envolèrent comme par enchantement. Les soucis qui lui pesaient sur les épaules depuis la mort de son père. Les difficultés auxquelles elle s'était retrouvée confrontée du jour au lendemain.

Quand elle émergerait de sa bulle de confort, il lui faudrait accepter que Cesar fût bel et bien parti, pour toujours. Mais son propre avenir était désormais assuré. Elle allait pouvoir respirer. Enfin.

Vingt minutes plus tard, Camilla se résolut à sortir du bain et s'enveloppa dans la serviette la plus moelleuse qu'elle ait jamais eu l'occasion d'utiliser, puis regagna la chambre où elle trouva des sous-vêtements de soie blanc ivoire posés sur le lit, ainsi qu'une robe d'été toute simple.

Une sensation d'étrangeté l'envahit lorsqu'elle les enfila tour à tour. Et ce fut encore plus étrange de découvrir son reflet dans le haut miroir.

L'étoffe douce couleur corail épousait ses courbes féminines, sans les mouler pour autant. Mais après avoir porté des vêtements trop larges et informes pendant des semaines, elle se sentit terriblement exposée. Même là, dans cette chambre où personne ne pouvait la voir. Par ailleurs, elle avait beau porter une robe ravissante, celle-ci ne la rendait pas irrésistible pour autant.

Si Matías s'imaginait qu'elle allait se transformer en déesse d'un coup de baguette magique, il serait déçu. Jamais elle ne posséderait la beauté de Liliana, ni son charme ou sa grâce.

Et puis, il y avait ses cheveux coupés trop court. Et son visage aux traits… ingrats, aurait dit sa mère…

L'arrivée du petit déjeuner l'empêcha de ruminer plus longtemps ses sombres pensées. Café à l'arôme puissant, confiture faite maison, pain tout chaud à la croûte croustillante à souhait, œufs frais, bacon grillé… Un véritable festin !

Dès qu'elle eut avalé sa dernière goutte de café, trois femmes apparurent et se mirent à parler toutes en même temps – la discussion tournant principalement autour de ses cheveux, des teintes allant le mieux avec son teint, et quantité d'autres choses du même genre.

L'une des nouvelles venues sortit une paire de ciseaux d'une mallette à nombreux compartiments puis s'approcha de Camilla, qui tressaillit.

— Vous n'allez tout de même pas *encore* les couper ! protesta-t-elle. Il ne va plus rien rester !

— Faites-moi confiance, répliqua la coiffeuse en souriant. Une fois que j'aurai terminé, vous aurez au contraire l'impression d'en avoir davantage.

Sur ces paroles, elle prit les mèches – ou du moins, les semblants de mèches – une par une et donna des petits coups de ciseaux à une rapidité stupéfiante. En fait, elle se contenta d'égaliser les cheveux sur le dessus de la tête et de raccourcir sur les côtés et à l'arrière. Le résultat fut surprenant, et pas déplaisant du tout. La coupe donnait effectivement une impression de volume, constata Camilla avec surprise.

L'une de ses deux collègues sortit alors de sa propre mallette divers petits pots et tubes, choisissant un éventail de teintes qui rappelèrent à Camilla l'été, ses couchers de soleil, la couleur de la terre, et aussi celle du sucre brun.

Des tons chauds allant du doré à l'orangé furent appliqués sur ses paupières, ses pommettes, et à d'autres endroits de son visage qui prit peu à peu des reliefs nouveaux. Lorsque la maquilleuse eut ajouté un trait d'eye-liner et du mascara, Camilla songea qu'à présent même sa mère aurait eu du mal à parler de son *visage ingrat*…

Elle n'avait pas été métamorphosée en beauté délicate et ultra-féminine comme Liliana, bien sûr, mais elle trouva que la femme la dévisageant dans le miroir était… belle.

— Les cheveux courts, ça vous va très bien, dit la coiffeuse.

Tout en continuant à contempler son reflet, Camilla hocha la tête.

— Merci, c'est grâce à vous, répliqua-t-elle en souriant.

— Le truc, c'est de trouver ce qui vous met en valeur.

— On m'a toujours répété que je n'étais pas belle. Pas féminine. Pas gracieuse. Que mon visage…

— Vous avez le teint naturellement mat, il faut en profiter, l'interrompit la maquilleuse. Vous pouvez porter sans problème des tons dorés qui, chez une femme au teint plus clair, lui donneraient un aspect cireux. Vous possédez une beauté puissante et singulière, Camilla. Tout le monde ne sera pas forcément sensible à votre charme, mais ceux qui l'apprécieront ne trouveront jamais de femme plus attirante que vous.

Celle qui s'était présentée comme la styliste se rapprocha et l'invita à se lever.

— Quant à votre silhouette, dit-elle en l'examinant de la tête aux pieds, beaucoup de femmes vous l'envieraient. Il ne nous reste plus qu'à trouver la robe de soirée qui…

— Une robe de soirée ? l'interrompit Camilla avec inquiétude. Pour quoi faire ?

— Pour aller au bal, répondit la styliste en souriant.

Assis à la table de la salle à manger, Matías était d'une humeur massacrante. Il n'avait pas vu Camilla de la journée, ce qui ne le dérangeait pas du tout, au contraire, mais ils devaient dîner ensemble et elle était en retard. Or il détestait l'inexactitude.

Il se mit à pianoter sur la nappe blanche en repensant à tous les changements qui s'étaient opérés dans sa vie au cours des dernières vingt-quatre heures. De garçon d'écurie, Cam était devenu Camilla, avant de passer du statut de simple employé à celui de fiancée…

En vérité, elle n'avait pas vraiment eu le choix. Mais peu importait. L'essentiel, c'était que cet arrangement les satisfasse tous les deux, d'une façon ou d'une autre.

La porte de la salle à manger s'ouvrant soudain, il leva les yeux et fut littéralement époustouflé par la vision qui s'offrait à lui.

La femme qui s'avançait dans la pièce portait une robe sans manches d'un bel orangé tirant sur le vermillon, la teinte ébène de ses cheveux, maintenant coupés avec style, mise en valeur par un bandeau doré, les pieds chaussés de ballerines en cuir naturel.

Camilla Alvarez était à cent pour cent femme, il n'y avait aucun doute. Elle possédait un corps athlétique, certes, mais agrémenté de courbes d'une douceur toute féminine – des petits seins haut perchés, une taille fine, des hanches solides… Le qualificatif était peut-être un peu étrange, mais ce fut néanmoins celui qui vint à l'esprit de Matías en contemplant la nouvelle Camilla.

Elle ressemblait à une déesse de la guerre, à laquelle tout homme aurait brûlé de s'affronter en un corps à corps torride, et de préférence dans l'intimité d'une chambre.

Agacé par le tour que prenaient ses pensées, il serra les poings et reprit ses esprits. Camilla Alvarez représentait un moyen lui permettant de contrarier son grand-père et de déjouer les manigances de Diego. S'il voulait une partenaire sexuelle, il savait où en trouver. Il suffisait d'user de discrétion. Il n'était pas homme à ne pas honorer ses engagements, mais du moment que Camilla était au courant et leurs positions respectives bien claires, il serait libre de fréquenter qui il voulait. Il s'agissait d'une transaction d'affaires, sa nouvelle fiancée l'avait dit elle-même. Un marché, scellé par une poignée de main.

— Bonsoir, dit-elle, les épaules légèrement crispées et les traits indéchiffrables.

— Ainsi, voici ce à quoi vous ressemblez vraiment ?

— Non, répondit-elle en contournant la table.

Ce faisant, elle effleura la nappe du bout des doigts. S'il avait regardé ses mains, ne serait-ce qu'une fois, il aurait su immédiatement qu'il avait affaire à une femme.

— Vous avez devant vous une version très policée de ma personne. Mais c'est celle que vous verrez durant le temps que durera cette comédie, je suppose. À condition que je puisse avoir recours à ma petite équipe dès que j'en aurai besoin, car je serais bien incapable de réaliser ce miracle toute seule.

— Vous m'étonnez... N'êtes-vous pas la fille d'une grande mondaine réputée pour sa beauté ?

— Ma mère s'intéressait peu à sa fille, qu'il s'agisse d'éducation ou de maquillage. J'ai été élevée par mon père.

Elle s'assit en face de lui et le regarda droit dans les yeux.

— J'ai passé ma vie avec les chevaux. Mon père m'a laissée libre d'agir à ma guise. Sans doute parce qu'il avait mauvaise conscience par rapport au manque total d'intérêt de ma mère envers moi. Ou peut-être parce qu'il se sentait seul, vu qu'elle s'intéressait aussi peu à lui qu'à moi. En tout cas, j'ai bénéficié d'une éducation pas du tout conventionnelle.

— Il a dû vous transmettre une part de son audace.

— Assurément. Quand on dirige un haras comme si l'on disposait de millions alors qu'en réalité on est endetté jusqu'au cou, il faut avoir un minimum de cran…

— Vous mentait-il souvent à propos de sujets importants ?

Elle haussa une épaule nue, attirant le regard de Matías sur la peau lisse et dorée. La métamorphose était vraiment stupéfiante. En un rien de temps, le petit moineau insignifiant s'était mué en phénix resplendissant d'or et de feu.

Liliana était superbe, elle dégageait un charme fou, fait de raffinement et de sophistication rehaussant sa beauté naturelle, mais il n'avait rien perdu au change avec Camilla.

— Pas que je sache. Mais étant donné que j'ignorais complètement l'état de ses finances, c'est tout à fait possible. Je me demande parfois si je l'ai vraiment connu… Une chose est sûre : il m'aimait. Et il aimait ses chevaux. C'est pour cette raison que je désirais tant m'assurer qu'ils étaient bien traités.

— Vous avez également agi par intérêt personnel, fit remarquer Matías.

— Oui, je le reconnais. Je n'aimerais pas me retrouver à la rue. Et le haras où j'ai grandi me manque. C'est lui qui m'a élevée en partie, ainsi que les gens qui y travaillaient. Cela fait partie de moi, de ce que je suis. Je ferais… presque n'importe quoi pour le remettre sur pied.

— Je peux le comprendre. J'aime cet endroit, dit-il en embrassant la pièce du regard. En dépit de sa décoration un peu vieillotte…, ajouta-t-il avec humour.

— Vous avez été heureux ici, enfant ?

Elle avait détourné les yeux en posant la question. Comme si elle en connaissait déjà la réponse. Ce qui n'aurait pas été étonnant : les rumeurs concernant la famille Navarro ne devaient pas manquer, dans la région.

— Non. Ma mère est morte ici. Mon père était un véritable tyran. Mon grand-père ne vaut guère mieux. Ce que j'aime, dans cette propriété, c'est sans doute le fait qu'elle ait résisté à tout et continue d'exister. Elle conserve sa beauté en dépit de la laideur qui a ensanglanté ses terres. L'être humain est capable du pire comme du meilleur, et je pense que vous serez d'accord avec moi pour dire que les chevaux ont quelque chose… d'éternel. Ils ne sont pas toujours commodes, mais ils ne vous déçoivent jamais. Je souhaite faire de ce haras ce qu'il aurait dû être depuis toujours : un endroit préservé qui ne soit pas au service de l'ego de ceux qui le dirigent.

— Et si c'est Diego qui en hérite…

— Ce sera la même chose qu'avec mon père ou mon grand-père. L'amour lui est étranger.

— Mais pas à vous ? demanda-t-elle avec une curiosité qui paraissait sincère.

— Je suis capable d'aimer certaines choses. Ou à défaut, de les respecter. Je ne cherche pas à faire des bénéfices à tout prix ou pour moi seul. Je préfère investir dans ce qui m'entoure. Ne vous méprenez pas, je suis difficile, comme vous avez déjà pu le constater. Mais je me considère comme un homme d'honneur. Parce que j'ai vu ce qui se produit lorsqu'on méprise tout principe, toute règle, pour ne rendre des comptes qu'à soi-même. Je ne suis pas de cette engeance.

— Vous comptez fonder une famille ? Élever vos enfants ici ?

Matías embrassa de nouveau la pièce du regard et sentit une tension étrange lui oppresser la poitrine.

— Je l'avais envisagé. À présent, je me demande si c'était une bonne idée.

— Vous ne désirez plus avoir d'enfants ?

La simple pensée de devenir responsable d'un être

aussi petit, aussi vulnérable, l'emplit soudain d'une sorte de malaise.

— Si j'avais un enfant, je crois qu'il passerait la majeure partie de son temps ici avec sa mère et que, par conséquent, je ne serais pas assez présent pour lui. Je me trouve au haras en ce moment parce que les circonstances m'y obligent, mais mes affaires me retiennent souvent à Londres ou ailleurs.

— Je comprends.

— Mais vous ne m'approuvez pas.

— Je sais ce que c'est que d'avoir un parent qui ne s'intéresse pas du tout à votre existence, dit-elle en détournant le regard.

— Parfois, ce manque d'intérêt peut s'avérer un bienfait. Comment viviez-vous les moments passés auprès de votre mère ?

— Ce n'était pas facile, répondit-elle en fixant son assiette. Elle ne… n'avait aucune patience avec moi. Et elle déplorait mon manque de féminité, de grâce.

— Par conséquent, vous devriez vous estimer heureuse qu'elle ne se soit pas intéressée à vous, non ?

À ces mots, elle éclata de rire.

— Vous avez sans doute raison ! Je ne m'étais jamais autorisée à le penser, mais j'ai eu de la chance, au fond. Elle est vraiment… épouvantable. Elle est partie vivre avec l'un de ses amants, à Paris, et j'espère bien qu'elle y restera.

— Autrement dit, elle vous a abandonnée. Qu'auriez-vous fait, si vous n'aviez pas été embauchée ici ?

— Je me serais retrouvée sans abri. Je n'ai pas menti à Juan, enfin, pas à ce propos. Je n'avais pas un centime quand je me suis présentée ici, et ne savais où aller. Mon père n'avait pris aucune disposition pour moi, car il ne s'attendait pas à mourir aussi jeune. Sans doute pensait-il pouvoir tout arranger, avec le temps. En fait, je crois qu'il ne voulait pas que je découvre l'étendue du désastre et qu'il cherchait à me protéger.

— Malheureusement, sa façon de vous protéger vous a rendue vulnérable.

— Oui.

Comme une jeune employée apparaissait avec un immense plat de paella, ils interrompirent leur conversation. Puis ils mangèrent en silence, jusqu'à ce que Camilla relève la tête et demande :

— À quel bal allons-nous, la semaine prochaine ?

— Il s'agit d'un gala de charité, répondit Matías. Ce sera l'occasion pour moi de vous présenter comme ma fiancée. Il y aura beaucoup de monde, plus qu'à notre mariage.

— Ce ne doit pas être facile d'organiser un grand mariage en aussi peu de temps, j'imagine.

— Le site est déjà choisi et les invités ont reçu leurs invitations. La mariée a changé, c'est tout.

Elle tressaillit. Ce fut imperceptible, mais il le perçut.

— La mariée m'importe peu, Camilla. Seul le mariage compte.

— Dans ce cas, Liliana a bien fait de s'enfuir, répliqua-t-elle en haussant un sourcil.

— Liliana ne m'aimait pas non plus. Elle n'aurait pas eu le cœur brisé, si j'avais dû lui dire que je l'avais remplacée.

— Peut-être pas… Mais je la trouvais… adorable.

Matías retint un rire sardonique.

— Pas si adorable que cela, en fin de compte.

— Elle vous a fait souffrir ?

— Non, répondit-il sans hésitation.

Il n'avait pas apprécié de voir ses plans chamboulés, mais il n'en avait pas souffert. Pour cela, il aurait d'abord fallu qu'il éprouve des sentiments envers Liliana.

— Je me sentais le devoir de la protéger, poursuivit-il. Elle paraissait si fragile, si vulnérable.

— Je ne suis ni fragile ni vulnérable, dit Camilla en carrant les épaules.

Matías la dévisagea quelques instants en silence.

— Je ne l'ai jamais pensé.

Quand elle baissa la tête et se concentra sur son assiette, il en profita pour admirer le cou gracieux, le haut front dégagé, les longs cils noirs, les lèvres au dessin précis et sensuel.

Sa nouvelle fiancée était vraiment très belle.

— Savez-vous danser ? demanda-t-il à brûle-pourpoint.

— Un peu… Nous organisions des fêtes, au haras. Tout le personnel y participait. Mon père était généreux et partisan de l'égalité.

— Le gala ne ressemblera en rien à ces fêtes. Il s'agit d'un événement mondain des plus officiel et des plus ennuyeux. Et toutes les femmes présentes seront avides de vous critiquer, voire de vous démolir. Surtout quand elles apprendront que vous êtes ma fiancée. Il vaudrait mieux que vous soyez préparée.

Une lueur de défi éclaira ses yeux bruns.

— J'ai été élevée à la dure. Mon père m'a appris à prendre des risques et à saisir ma chance, ainsi qu'à tirer parti de mes échecs. Et il me laissait travailler avec les chevaux. J'ai ça dans le sang.

— Je vous crois, je vous ai vue à l'œuvre. Mais cela ne vous aidera pas, lorsqu'il s'agira de vous défendre contre des attaques d'une tout autre nature. Les femmes peuvent se montrer de redoutables adversaires, vous savez…

— Pourquoi voudraient-elles s'en prendre à moi ?

— Par jalousie.

— Vous semblez persuadé que toutes les femmes sont amoureuses de vous ! C'est une véritable obsession…

— Cela n'a rien à voir avec moi. La seule chose qui les attire, c'est mon argent, l'aura qui entoure la famille Navarro. Ou plutôt, les mâles Navarro.

— J'avais pourtant l'impression qu'ils avaient mauvaise réputation.

— Les femmes sont attirées par les hommes jouissant

à la fois d'un physique avantageux et d'une mauvaise réputation. Quand ils sont de surcroît en quête de rédemption, leur prestige s'en trouve décuplé.

— Eh bien, je n'ai pas grand-chose de commun avec ces femmes…

— Et pourtant, vous allez m'épouser par pur intérêt.

Elle soutint son regard sans ciller.

— Oui, mais je ne suis pas amoureuse de vous. Et je me fiche de votre argent. Vous représentez pour moi le moyen le plus simple de récupérer les biens de ma famille. Vous m'intéressez uniquement pour cette raison, pas parce que vous êtes un milliardaire au physique avantageux, pour reprendre votre expression.

— Faites attention, dit Matías en plissant les paupières. Parce que si vous continuez comme ça je pourrais tomber amoureux de vous…

— Vous résisterez très bien à mon charme. Je n'ai aucune inquiétude à ce sujet.

Sans réfléchir davantage, il se leva, la rejoignit et lui prit les mains pour l'attirer vers lui. Elle était forte, mais il l'avait surprise. Les grands yeux bruns s'agrandirent encore, les belles lèvres roses s'entrouvrirent.

Le besoin de la serrer contre lui le submergea, viscéral, d'une intensité formidable.

— Vous avez peut-être tort, murmura-t-il en lui soulevant le menton.

Le pouls battait comme un fou à la base du cou gracieux. Ses yeux s'étaient encore assombris. Il brûlait de vérifier si sa bouche était aussi suave, aussi douce qu'il le pressentait. De goûter à ces lèvres sensuelles.

Mais il s'en abstiendrait. Car il s'agissait du patrimoine familial et non d'appétit sexuel. Il ne profitait pas des femmes. Jamais. Et il ne profiterait pas de Camilla.

Matías lui passa le bras autour de la taille.

— Voyons un peu ce que ça donne, côté danse…

8.

Dès l'instant où Matías lui avait enlacé la taille, Camilla s'était embrasée, de la tête aux pieds. Ensuite, quand il l'avait emmenée dans une immense salle de réception, elle avait été gagnée par un mélange d'excitation insensée et de panique. Notamment à la pensée de ce qui l'attendrait la semaine suivante, à Barcelone.

À présent, ils se tenaient face à face au milieu de la vaste pièce au parquet satiné sur lequel se déversait la lumière dorée provenant des lustres en cristal.

Dans les miroirs recouvrant en partie les murs, Camilla aperçut une étrangère qui la dévisageait en silence. Quant à Matías, il la contemplait, un léger sourire aux lèvres.

Un sourire moqueur, évidemment. Il ne risquait pas de tomber amoureux d'elle. En fait, Camilla ignorait complètement ce qu'il pensait d'elle. Mais une chose était certaine : aux yeux de Matías, femmes et fiancées étaient interchangeables. Par conséquent, pourquoi se soucierait-il que, de son côté, elle n'ait pas la moindre expérience en matière de relations amoureuses ? Aucun homme ne l'avait jamais prise dans ses bras ni embrassée…

— Vous êtes prête ? demanda-t-il en lui tendant la main.

Sous ses dehors d'homme d'affaires élégant, il possédait une force impressionnante, elle le savait pour l'avoir vu à l'œuvre. Et des mains de travailleur, car il ne rechignait pas à participer aux tâches quotidiennes, y compris les plus ingrates.

Comme Cesar, songea Camilla avec un regain de tristesse.

— Il n'y a pas de musique, fit-elle remarquer.

— Nous n'en avons pas besoin. C'est moi que vous allez suivre, pas une mélodie.

— Quand nous organisions une fête au haras Alvarez, l'un ou l'autre jouait de la guitare, du tambourin. Et nous... Nous nous laissions aller au rythme de la musique. C'était fabuleux...

— Oui, j'imagine : danser était pour vous une manifestation de joie. Lors d'un bal comme celui de Barcelone, il s'agit de tout autre chose. La danse permet de jauger les interrelations existant entre les invités. C'est l'occasion d'évaluer les nouveaux venus – leur pedigree, leur éducation, leur rang social. Tout le monde épie tout le monde et, la semaine prochaine, l'on se demandera pourquoi vos mains se sont, ou ne se sont pas, attardées sur mon épaule après s'y être posées. Pourquoi je ne vous ai pas embrassée lorsque le rythme de la musique a ralenti, m'en offrant la possibilité. Pourquoi j'ai gardé la main immobile au milieu de votre dos au lieu de la laisser glisser sur vos reins.

Une chaleur infernale se répandit dans tout le corps de Camilla.

— Je ne pense pas que quiconque nous observe avec autant d'attention, dit-elle, les joues en feu.

— Tout à l'heure, vous m'avez dit que je croyais toutes les femmes amoureuses de moi, que c'était une obsession. Mais je suis un homme convoité à cause de son statut, et qui vient en outre d'être abandonné par sa fiancée. Mon frère s'arrangera pour que la nouvelle de son mariage fasse les gros titres de la presse dès demain matin, j'en suis certain. Ce qui veut dire que d'ici au gala de Barcelone les rumeurs seront allées bon train. Par conséquent, tous nous observeront pour savoir si notre relation est authentique ou si vous n'êtes qu'une remplaçante. Une sorte de baume destiné à panser mes blessures d'amour-propre.

— C'est bien ce que je suis, non ? répliqua Camilla en détournant les yeux.

— Il est hors de question que vous vous affichiez comme telle. Je ne laisserai pas Diego tirer toutes les ficelles, ni ne permettrai à mon grand-père de nous manipuler à sa guise.

— Il a pourtant réussi à vous contraindre à vous marier…

Le reste de sa phrase s'éteignit sur ses lèvres. Matías l'avait de nouveau enlacée et la serrait contre lui. Les seins pressés contre le torse musclé, Camilla avait du mal à respirer. Elle tenta désespérément de reprendre ses esprits, de résister aux sensations délicieuses qui déferlaient en elle, mais en vain.

Le souffle court, elle leva les yeux vers les siens avant de le regretter aussitôt. Il lisait en elle. Il percevait son trouble, alors qu'elle cherchait désespérément à le dissimuler. À adopter une attitude sophistiquée.

Son éducation non conventionnelle ne l'avait pas incitée à prendre soin d'elle-même ou à se soucier de son apparence. Par ailleurs, elle n'avait jamais eu à postuler pour un job, aussi ignorait-elle tout de la mode ou des habitudes des autres femmes. Ayant eu sa mère pour seul modèle, Camilla avait délibérément refusé de suivre son exemple, sachant de toute façon qu'elle ne pourrait jamais lui ressembler.

Mais à présent, elle regrettait d'avoir grandi à part, protégée du monde extérieur. Elle aurait aimé savoir contrôler son corps, sa féminité. Au lieu de se sentir ainsi à la merci de cet homme superbe et de l'effet qu'il produisait sur elle.

Soudain, Matías l'entraîna sur le parquet ciré. Comme il l'avait annoncé, il la guidait et elle le suivait. Bientôt, elle eut l'impression de voler, de flotter, avec l'assurance que les bras puissants l'empêcheraient de perdre l'équilibre ou de tomber.

La sensation était magique. Presque aussi enivrante que celle ressentie lorsqu'elle chevauchait à bride abattue dans la campagne.

Dans les bras de Matías, elle se sentait libre, réalisa tout à coup Camilla. C'était paradoxal, mais cela correspondait néanmoins au sentiment qu'elle éprouvait.

Le cœur battant la chamade, elle songea que, dans très peu de temps, cet homme viril deviendrait son mari.

Mais au moment où leurs regards se croisèrent à nouveau, elle constata que Matías n'éprouvait aucun trouble. Il dansait avec une femme parmi d'autres. Elle ne représentait rien pour lui. Si elle le quittait cette nuit, il lui trouverait aussitôt une remplaçante, de même qu'il l'avait choisie pour remplacer Liliana.

Tandis que, de son côté, elle vivait des instants uniques. Être dans les bras d'un homme. Expérimenter son propre désir. Embrasser ce mâle superbe…

Cette pensée l'éblouit. Désirait-elle vraiment *embrasser* Matías ?

Camilla contempla la belle bouche aux lèvres sensuelles et imagina leur texture, leur goût. Elle eut envie d'en suivre le contour du bout de la langue. D'en tester la vigueur.

En proie à un vertige, elle manqua un pas. Aussitôt, il resserra son étreinte. L'avait-elle fait exprès ? Son instinct féminin n'avait-il fait que sommeiller durant toutes ces années, avant d'être réveillé par sa rencontre avec Matías ?

Si elle avait provoqué ce rapprochement, ça avait été de manière inconsciente. Elle n'aurait jamais osé le faire délibérément, elle avait trop peur de ce qui se passait en elle. Si elle ne manquait pas d'audace dans quantité de situations, elle était terriblement timide, aussi…

Et puis, la crainte d'être rejetée l'aurait retenue. Elle ne supporterait pas de s'entendre dire qu'elle n'était pas assez belle, pas assez féminine. Ni de voir Matías éclater de rire avant de lui demander comment elle avait bien pu s'imaginer pouvoir l'attirer…

Mais au lieu d'être inhibée par de telles perspectives, Camilla restait étroitement soudée à lui, le suivant sans difficulté, comme s'ils avaient toujours dansé ainsi. Autour d'eux, le monde semblait avoir cessé d'exister. Il n'y avait plus qu'eux deux.

Jusqu'à ce que Matías s'arrête soudain et lève la main pour lui caresser la joue. Un doigt lui effleura les lèvres ; Camilla eut du mal à ne pas fermer les yeux pour mieux savourer la caresse.

Un éclat farouche, presque dur, brillait dans ceux de son fiancé. Elle attendit. Attendit qu'il prenne sa bouche. Mais il n'en fit rien. Au contraire, il laissa retomber son bras et la lâcha, puis recula d'un pas avant de se détourner.

— J'ai quelque chose pour vous, dit-il en traversant la pièce de sa démarche souple et résolue.

Il s'arrêta devant une petite table d'appoint en acajou dont il ouvrit le tiroir, puis il revint vers Camilla.

— Avez-vous réussi à convaincre Diego de vous retourner la bague de fiançailles offerte à Liliana ? demanda-t-elle en fixant le petit écrin de velours pourpre qu'il tenait à la main.

Sans le vouloir, elle avait pris un ton sec, mais elle ne tenta pas de se reprendre. Il fallait qu'elle se protège. Elle se sentait trop vulnérable, et si elle n'y prenait garde, Matías comprendrait qu'elle avait espéré un baiser et était déçue.

— La bague de Liliana ne vous aurait pas convenu. Elle était trop classique. Trop délicate.

Évidemment. Camilla ne l'était pas, délicate. Elle ne possédait pas le charme et la grâce de son ex-fiancée. La vraie.

— Pour vous, continua-t-il, je voulais quelque chose de plus fort.

Camilla se sentit submergée par une honte épouvantable.

Un embarras sans nom. *Quelque chose de plus fort*. Elle avait l'impression qu'il allait lui offrir une bague en téflon.

Mais quand il souleva le couvercle du petit écrin, elle contempla la bague en retenant son souffle. Serti sur un anneau d'or, un diamant jaune rayonnait comme un soleil au milieu d'autres plus petits et… blancs. Non seulement elle n'en avait jamais vu de tels, mais elle ne savait même pas que cela existait !

— Vous n'êtes pas une femme traditionnelle, enchaîna Matías. Vous êtes singulière, unique. Et vous possédez un tempérament de feu. Alors j'ai pensé que vous méritiez une bague qui reflète la richesse de votre personnalité.

Camilla serra les dents, s'efforçant de dissimuler son émotion.

— Vous croyez me connaître ?

— Vous avez eu suffisamment de cran pour vous faire embaucher chez moi incognito, en vous déguisant en adolescent. Vous avez tout risqué pour vous rapprocher de vos chevaux.

— C'est facile de tout risquer quand on n'a rien, fit-elle remarquer.

— Peut-être. Mais à votre place, beaucoup de gens auraient baissé les bras et se seraient contentés de pleurer sur leur sort. Vous ne vous attendiez pas à tout perdre. Votre père, le haras Alvarez, les chevaux, Fuego. Et pourtant, vous vous en êtes sortie de façon admirable. Le procédé n'était pas très orthodoxe, mais je ne vous en respecte que davantage. Je devrais être furieux, mais je n'éprouve que du respect et de l'admiration devant votre courage.

Elle prit l'écrin qu'il lui tendait.

— Je ne l'ai même pas essayée.

— Mais vous allez le faire, répliqua-t-il avec assurance.

— Peut-être, fit Camilla en refermant le couvercle.

Pour le contrarier. Car elle pressentait qu'il s'attendait à la voir s'extasier devant la beauté de la bague choisie pour elle, avant de la glisser aussitôt à son doigt pour vérifier qu'elle était à sa taille.

En vérité, elle brûlait de le faire, mais elle ne donnerait pas cette satisfaction à Matías. Elle avait attendu un baiser et ne l'avait pas reçu. Eh bien, lui non plus n'obtiendrait pas ce qu'il attendait d'elle.

— Vous pensez que mon niveau suffira, pour la danse ? demanda-t-elle d'un ton détaché.

— Oui. Du moment que vous ne me marchez pas sur les pieds.

— Si vous dirigez convenablement, cela n'arrivera pas.

Un lent sourire se dessina sur les lèvres de Matías, éclaira tout son visage.

— Dans ce cas, je ferai de mon mieux, dit-il en riant doucement.

9.

Les jours suivants, Matías évita Camilla tout en se persuadant du contraire. Il n'était pas un lâche, surtout avec les femmes. Dans ce domaine, il savait toujours où il en était, ne voyant aucune raison de se priver de leur compagnie dès qu'il ressentait le besoin de satisfaire ses appétits virils.

Cependant, il jugeait préférable de ne pas s'impliquer physiquement avec Camilla Alvarez. Leurs intérêts étaient trop liés. Leurs vies trop intriquées. Pour l'instant, du moins.

Mais cela n'empêchait en rien le désir de le tenailler.

Ce soir, ils réussiraient le test. Ils se présenteraient au monde comme des fiancés follement épris l'un de l'autre. Ensuite, Matías se trouverait une partenaire susceptible de le combler sur le plan charnel.

Comme il l'avait prévu, son frère avait fait en sorte que son mariage avec Liliana fasse les gros titres et crée le buzz sur les réseaux sociaux.

Par conséquent, il devait le supplanter, ce soir. Et pour ce faire, il lui faudrait garder le contrôle de la situation – et de lui-même –, tout en exploitant l'attirance qui vibrait entre lui et Camilla.

Il repensa à la façon dont elle s'était abandonnée dans ses bras quelques jours plus tôt, lors de la leçon de danse. Elle avait levé les yeux vers lui en battant des paupières, lui offrant ses lèvres. À vrai dire, Matías ne parvenait pas à la cerner, ni à savoir si elle était l'innocence même ou au contraire une séductrice expérimentée.

Le fait qu'elle se soit fait embaucher grâce à une ruse ne l'aidait pas à y voir clair. Après cet épisode, comment lui faire confiance ? Ils s'étaient alliés par nécessité, mais Camilla lui cachait peut-être ses véritables motivations.

Cela n'était pas un problème, tant qu'il se montrait prudent.

Tout avait été organisé pour leur voyage à Barcelone. L'appartement était prêt à les accueillir et il y avait fait transporter les effets personnels dont Camilla pourrait avoir besoin.

À présent, il l'attendait dans le grand hall et, une fois de plus, elle était en retard.

Après avoir consulté sa montre, Matías leva les yeux vers l'escalier avec impatience. Ce n'était quand même pas difficile de respecter un horaire, bon sang ! Liliana n'avait jamais eu aucun problème avec la ponctualité.

Mais son ex-fiancée était une mondaine accomplie. Pas Camilla.

Entendant un bruit de pas, il leva de nouveau les yeux et fut choqué par l'intensité de la sensation qui le submergea aussitôt.

Les épaules nues, elle descendait les marches, vêtue d'une robe bustier moulant ses seins haut perchés, l'étoffe s'épanouissant à partir des hanches en ondulations dorées. Lui ceignant la tête, un bandeau tressé, doré lui aussi, mettait en valeur la coupe et la teinte de ses cheveux.

La comparaison avec une déesse en fut renforcée. Et soudain, il se ficha qu'elle soit en retard.

Sa fiancée s'avança tranquillement vers lui dans un bruissement de soie, mais quand elle s'arrêta devant lui, Matías discerna une lueur inquiète couvant au fond des grands yeux bruns.

— Elle vous plaît ?

Dans le ton neutre de sa voix, il perçut une vulnérabilité qui l'étonna.

— La robe.

— Oui. Elle vous va à merveille.

La voyant baisser les yeux, il lui prit le bras et savoura la douceur de sa peau. Il contempla son profil, le nez fin et droit, la courbe sensuelle des lèvres pleines.

— Allons-y, dit-il en l'entraînant vers la double porte grande ouverte.

Ils se dirigèrent vers la limousine qui les attendait. Le chauffeur leur ouvrit les portières et ils s'installèrent sur la banquette en cuir.

Le véhicule roulait déjà depuis quelques minutes lorsque Camilla tourna la tête vers lui.

— Votre grand-père semble être un homme insensible et méchant, dit-elle doucement. Et votre père ? Comment était-il ? Cruel ?

La question déstabilisa un instant Matías. Puis, peut-être aidé par la pénombre, il décida de lui parler. Tout en se demandant s'il avait raison de se laisser aller à de telles confidences.

— Oui, il était cruel avec moi. Comme il l'était avec tous ceux qui croisaient son chemin. Mais ce n'est pas cela le pire. Mon père a tué ma mère, Camilla.

Une douleur atroce jaillit d'un endroit verrouillé depuis des années, lui labourant la poitrine.

— Sa mort n'a pas été accidentelle comme on l'a raconté.

Camilla fut traversée par un frisson glacé. Le père de Matías et Diego avait tué sa femme ? Leur mère ? Ce n'était pas possible. La belle bouche virile n'avait pu prononcer ces mots horribles. Matías ressemblait à un vrai prince charmant, ce soir. Pourtant, elle n'avait succombé à aucun charme en descendant les marches un peu plus tôt.

Elle avait plutôt ressenti de la peur, celle de ne pas être

à la hauteur. Même dans les plus beaux atours, elle ne pourrait jamais rivaliser avec les beautés blondes que les hommes comme lui préféraient. Mais à présent, elle ne songeait plus à cela, horrifiée par ce qui ressemblait fort à une confession. Cet homme sublime, en smoking noir et chemise de soie blanche, pouvait-il vraiment vivre avec un tel secret ? Porter un fardeau aussi lourd ?

— Comment le savez-vous ? demanda-t-elle, presque à voix basse.

— J'étais là, répondit-il d'un ton affreusement neutre. Je l'ai vu de mes propres yeux. Vous me demandiez comment je pouvais être aussi certain que Diego n'avait pas tué sa femme. Eh bien, c'est parce que j'ai grandi auprès d'un meurtrier. Et que, même si mon frère est un être amoral et dénué de tout scrupule, je sais qu'il n'est pas un assassin. Après le prétendu accident qui a causé la mort de ma mère, mon père a soudoyé les autorités locales qui ont rapidement classé l'affaire.

— Et Diego, il était… ?

— Non, la coupa-t-il vivement. Je suis le seul témoin du meurtre. Mon père n'en a jamais rien su. J'étais paralysé par l'horreur, perché dans un arbre. Je devais avoir… dans les huit ans.

En réalité, il se souvenait très bien des moindres détails de la tragédie, devina Camilla. Son âge, sa position exacte dans l'arbre. Mais il préférait que tout demeure dans le flou, pour ne pas raviver la blessure. Pour se protéger.

— Je jouais dans l'oliveraie quand j'ai entendu deux chevaux s'approcher, un peu comme si des cavaliers s'amusaient à faire la course. Mais quand j'ai vu qu'il s'agissait de mon père et ma mère, j'ai tout de suite su qu'il ne s'agissait pas d'un jeu. Mon père n'avait rien d'un joueur. Sauf quand il se livrait à des petits jeux cruels dont il était certain de ressortir gagnant.

— Matías…

— Soudain, il a tiré.

Un long silence s'ensuivit. Horrifiée, Camilla attendit la suite. Elle aurait aimé le prendre dans ses bras, le réconforter, mais elle savait que son geste aurait été mal accueilli. En outre, ils n'étaient pas de vrais fiancés. Même pas des amis.

— Elle est tombée de cheval, poursuivit-il enfin. Ou c'est le cheval qui est tombé. J'ai entendu des cris. Dans le rapport officiel, il est dit que c'est la chute qui l'a tuée. C'est probablement vrai, même si on a cherché à couvrir le rôle que mon père a tenu dans cette tragédie. Le cheval s'est effondré aussitôt après le coup de feu.

Il continuait à s'exprimer de ce même ton dur et neutre.

— Et moi, je ne pouvais pas bouger. J'étais terrifié et me disais que s'il me voyait il me tuerait aussi. J'ai parlé à la police, plus tard, mais le commissaire m'a interdit de répéter cette histoire à quiconque. Il a affirmé que c'était un accident de cheval, que c'était horrible, mais que l'on n'y pouvait rien, invoquant la fatalité. Pour un cavalier, cela faisait partie des risques du métier, en quelque sorte.

— Je suis tellement désolée, dit Camilla, le plus doucement possible.

— Je ne vous raconte pas cette histoire pour que vous me plaigniez. C'est le passé. La vérité ne sera jamais rétablie. Les preuves ont disparu depuis trop longtemps. Tous les policiers impliqués dans l'enquête ont été mutés ailleurs ou ont pris leur retraite. Et mon père est mort, par conséquent, il ne peut pas être arrêté. J'espère seulement qu'il brûle en enfer. En fait, il a quitté ce monde d'une manière bien trop douce, emporté par un infarctus, alors qu'il se trouvait avec *trois* prostituées, rien que ça.

Tout prenait sens. Matías désirait redonner vie au haras. Une autre vie. Le purifier des ombres funestes du passé, des fantômes et des démons qui le hantaient.

— Et Diego…

— Mon frère est un égoïste, un vaniteux. Je suis persuadé qu'il ne ferait jamais de mal physiquement à personne, mais il ne se soucie pas de ce que peuvent ressentir ceux qu'il côtoie. Toute sa vie tourne autour de la seule satisfaction de ses désirs.

Le reste du trajet se déroula en silence, et quand la limousine s'arrêta devant le palace brillamment éclairé, Camilla cessa de penser aux révélations de Matías. Sa nervosité refit surface, plus vivace encore.

Toute la soirée serait suivie par les médias, en direct et dans le monde entier. Si Camilla Alvarez était encore inconnue du public, la fiancée de Matías Navarro attirerait bientôt tous les regards.

Il descendit de voiture tandis qu'elle restait immobile sur la banquette, les yeux fixés sur les portes du palace, que franchissaient des femmes vêtues de toilettes somptueuses et des hommes en smoking.

Pour la première fois depuis un bon moment, Camilla regretta ses cheveux longs et se demanda si Matías la trouverait plus jolie, si elle ne les avait pas coupés.

Qu'est-ce que son avis pouvait bien lui faire ? se reprocha-t-elle aussitôt. Il ne s'agissait pas d'une union basée sur un amour réciproque, mais d'une transaction d'affaires !

La portière s'ouvrit de son côté et Matías apparut, grand, sombre et magnifique.

Elle le dévisagea, le souffle court. Déjà, des sensations délicieuses naissaient au creux de ses reins, se déployant dans tout son corps. Elle n'y pouvait rien. Sa proximité l'affectait… physiquement. Sexuellement. Après s'être moquée des femmes incapables de résister à l'aura de cet homme, Camilla avait honte de réagir de la sorte. Si elle ne se ressaisissait pas, elle risquait de tomber elle aussi à ses pieds.

Par conséquent, elle devait refouler l'attirance inexorable qu'elle éprouvait pour Matías. Elle se le répéta en prenant la main qu'il lui tendait, redressa le menton et soutint son regard, comme si elle possédait l'assurance d'une femme du monde.

Heureusement, elle portait des escarpins à talons plats, à bout pointu et très raffinés, de la même teinte or que sa robe. Avec un peu de chance, elle ne trébucherait pas…

À chaque pas, elle n'en sentit pas moins sa tension redoubler, tandis qu'ils se rapprochaient de la salle de réception.

Pour se donner du courage, Camilla songea au haras Alvarez. À ses talents de cavalière, son don avec les chevaux. Les ravissantes invitées arborant toilettes et bijoux somptueux étaient sans doute pour la plupart les héritières de fortunes colossales, mais ne savaient probablement pas faire grand-chose de leurs dix doigts.

Bientôt, elle retrouverait les lieux où elle avait grandi, couru en liberté. Et ses chers chevaux. Sa vie reprendrait son cours normal et elle travaillerait dur afin de redonner au haras sa prospérité d'autrefois.

Pour récupérer la propriété familiale, elle était prête à tout supporter. Même cette soirée de gala qui équivalait pour elle à une véritable épreuve d'endurance.

Matías posa une main au creux de ses reins pour l'entraîner dans l'immense salle. Des myriades d'étincelles pétillèrent aussitôt dans tout son corps. Le cœur battant la chamade, Camilla tourna les yeux vers lui. Aucun homme n'avait encore eu le pouvoir de la bouleverser. Quelques instants auparavant, elle en avait éprouvé de la honte. Elle avait eu l'impression de se comporter comme toutes celles qui se jetaient aux pieds de Matías, tout en ne possédant ni leur grâce, ni leur beauté ou leur sophistication.

Mais aucune de ces femmes n'aurait été capable de vivre par ses propres moyens. Aucune n'était libre ou indépendante.

Un frisson la parcourut alors qu'une nouvelle assurance prenait possession d'elle. Certains hommes appréciaient peut-être les femmes autonomes et fortes.

Tout en étant mince, elle était musclée. Et au lit, avec un amant, cela pourrait constituer un atout…

La chaleur lui monta aux joues, tandis que des images torrides défilaient dans son esprit.

Cette bouffée d'assurance lui ouvrait un territoire inconnu. Peut-être la main chaude posée sur ses reins était-elle la cause de ces pensées audacieuses. À moins que celles-ci ne soient la conséquence de tous les changements qui s'étaient opérés dans sa vie depuis la mort subite de son père.

Après s'être déguisée en garçon, redevenir une femme avait quelque chose de grisant. Ses sensations étaient exacerbées. Sa proximité forcée avec un homme aussi beau, aussi viril et sensuel que Matías, renforçait encore son trouble.

Peut-être était-ce à cause de tout cela qu'elle s'était laissée aller à cette vision d'amants s'ébattant dans une chambre.

À présent, mieux valait se concentrer sur le présent, si elle voulait survivre à cette soirée de torture.

Ensuite, il lui faudrait se préparer au mariage. Puis vivre au jour le jour cette comédie. Et quand tout serait terminé, elle obtiendrait la seule chose qu'elle désirait vraiment. Or ce n'était pas Matías qu'elle voulait, mais le haras familial. Et les chevaux.

Tant qu'elle garderait cet objectif en tête, tout irait bien.

Camilla regarda autour d'elle, émerveillée par le luxe qui se déployait alentour. Les colonnes de marbre, le lustre gigantesque au centre du plafond. Les invités évoluant dans le vaste espace. Les femmes étaient superbes, leurs compagnons, très élégants. Pourtant, comparés à Matías, ces derniers avaient l'air… apprivoisé.

Vêtu d'un smoking sur mesure, Matías était d'une beauté rare, ténébreuse. Il évoluait à sa guise dans cet univers, même si ce n'était pas le sien.

Sur ce plan, ils se ressemblaient, tous les deux. Bien que son aisance à elle ne soit qu'apparente.

Lorsque Matías l'abandonna un bref instant pour prendre deux coupes de champagne, elle le regarda faire en repensant au lourd secret qu'il lui avait confié. C'était un véritable traumatisme qu'il avait subi enfant. Après cette tragédie, il avait choisi de prendre la voie opposée à celle de son père.

Elle seule était au courant de la vérité. Il ne l'avait révélée qu'à elle. À cause de cette confidence, Camilla se sentait intimement liée à lui. À cet homme si différent d'elle, en dépit de leur amour commun des chevaux et de la terre.

Prenant de la main gauche la coupe qu'il lui tendait, elle vit la bague étinceler à son doigt. Et de toute évidence, elle n'était pas la seule à avoir eu le regard attiré par son éclat.

Se sentant soudain le point de mire, Camilla éprouva une sensation de malaise qui éclipsa les émotions ressenties quelques instants plus tôt.

Un couple se dirigea vers eux, une petite femme blonde et sans doute son époux, nettement plus âgé qu'elle.

— Après avoir appris la rupture de vos fiançailles, nous ne nous attendions pas à vous voir ici ce soir, Matías, dit la femme en battant des cils. Mais vous êtes venu, et accompagné.

Elle se tourna vers Camilla, baissa les yeux sur la bague, puis regarda à nouveau Matías, l'air franchement interrogateur, voire inquisiteur.

— Oui, répliqua celui-ci d'une voix suave. Je vous présente Camilla Alvarez, ma fiancée. Vous avez probablement entendu parler de son père, le célèbre entraîneur Cesar Alvarez, qui nous a hélas quittés récemment. J'ai rencontré Camilla au moment de la succession et nous avons été irrésistiblement attirés l'un par l'autre.

— Pourtant, vous étiez fiancé à Liliana Hart…

— En effet. Et je dirai seulement que Liliana et moi n'étions pas faits pour vivre ensemble, et qu'elle a eu le courage de rompre avant que notre union soit scellée. Je lui suis reconnaissant d'avoir écouté son cœur, ce qui m'a permis d'écouter le mien.

Sur ces paroles, il sourit à Camilla avant de la débarrasser de la coupe vide pour la poser sur le plateau d'un serveur qui passait à proximité.

— Je crois que c'est le moment de partager notre première danse en public, lui chuchota-t-il à l'oreille.

Son souffle lui caressa la peau, tandis que des frissons brûlants la parcouraient tout entière.

— D'accord, murmura-t-elle.

— Connaissant la *señora* Gomez, je suis sûr que mes paroles vont se répandre comme une traînée de poudre et paraîtront en une de la presse à sensation dès demain. J'ai pensé que ce serait idéal, comme légende pour accompagner les photos…

Un sourire dévastateur aux lèvres, il la prit dans ses bras, et comme pour confirmer ses paroles, un flash éblouit aussitôt Camilla, suivi de deux autres.

Cette fois, quand il l'entraîna sur la piste de danse, il y avait de la musique. Mais ce qui grisait Camilla, ce n'était pas l'air célèbre interprété à sa façon par un quartet réputé. C'était Matías. La proximité sensuelle et si troublante de son corps musclé. Sa chaleur virile, qu'il lui communiquait.

Tout à coup, elle souhaita que leur romance soit réelle, ne serait-ce que le temps d'une nuit. Elle aurait tant aimé que les paroles adressées à cette femme soient sincères.

Certes, elle ne voulait pas se lier à lui pour toujours, ni à aucun autre homme, d'ailleurs. Mais durant quelques heures, quelques jours, ce serait si bon d'être désirée, de s'entendre dire qu'elle était belle…

Grâce à Matías, elle sentait une nouvelle assurance et de nouveaux désirs éclore en elle. L'envie de découvrir sa propre sensualité et de partager l'intimité d'un homme. De vivre sa féminité.

Camilla sourit. C'était presque comique, au fond. Après s'être déguisée en garçon, elle se retrouvait métamorphosée en créature glamour, et femme de la tête aux pieds.

— Vous êtes bien silencieuse, dit Matías d'une voix étonnamment douce.

— Nous dansons. Pourquoi devrais-je parler ?

— Comment trouvez-vous ce bal, belle Cendrillon ?

— Très agréable. Et un peu étrange.

Elle remonta la main sur l'épaule robuste. Que ressentirait-elle si leurs corps n'étaient pas séparés par leurs vêtements ? Cette pensée ne la choqua même pas. Sans doute parce qu'elle savourait la magie de l'instant.

— Étrange ?

— Oui, je sens que tout le monde m'observe et je n'ai pas l'habitude d'être l'objet d'autant d'attention. Mon père m'aimait, profondément, mais je faisais partie de son équipe. Pour lui, j'étais un membre du personnel. Je pense que dans bien des domaines j'étais davantage le fils qu'il n'avait pas eu que sa fille.

— Et votre mère ne s'occupait pas de vous.

Un soupir échappa à Camilla.

— Au fond, elle n'est probablement capable d'aimer qu'une seule personne : elle-même. Elle a beau changer régulièrement d'amant, les croire différents, au fond, elle est réfractaire à tout véritable engagement. Aucun de ces hommes n'a jamais réussi à la garder ou à lui donner envie d'être fidèle.

— À mon avis, cela démontre au contraire qu'elle ne s'aime pas beaucoup. Et qu'elle est incapable de se laisser aimer par quiconque.

Elle le regarda en battant des paupières.

— Je n'avais jamais considéré les choses de cette façon. C'était plus facile de la voir comme un être égoïste et insensible que comme une femme… blessée.

— Ce n'était pas votre rôle de la voir sous ce jour.

Ni de la comprendre ou de l'aider. Votre mère aurait dû mieux s'occuper de vous.

— Oui. Mais je crois que vous avez raison.

— Souvent, les pires tyrans sont aussi nuisibles à eux-mêmes qu'ils le sont aux autres.

— Sauf que votre père a été plus nuisible à votre mère qu'à lui-même.

Matías hocha lentement la tête.

— Dans ma famille, les femmes aimantes connaissent un destin tragique.

Dans ses paroles, il y avait un avertissement, comprit Camilla. Mais après avoir découvert la profondeur de ses propres sentiments, elle ne chercha pas à le contredire. Non seulement elle en savait beaucoup plus sur lui, désormais, mais elle éprouvait…

Soudain, la perspective de retrouver sa liberté, de se séparer de Matías, devint beaucoup moins attrayante. Et cette prise de conscience l'effraya.

— Je sens que tous les regards sont braqués sur nous, reprit-il. Cela doit être à cause de votre robe…

— Et de la bague que je porte au doigt. Surtout, je suis avec vous.

— Vous êtes la plus belle de l'assistance. Ces femmes sont des fleurs charmantes, mais insipides. Tandis que vous, vous êtes le soleil même.

Une merveilleuse chaleur se répandit en Camilla, ses seins devinrent plus lourds, plus sensibles. Ces réactions intimes la déstabilisèrent. Elle ignorait ce que cela signifiait, ce qui se préparait en elle. Et pourtant, elle savait d'instinct comment se finirait cette soirée. Parce que ce qui frémissait au tréfonds de sa féminité, elle en voyait le reflet dans les yeux de Matías.

Il s'agissait de désir. De sexe.

Elle désirait Matías. Elle brûlait qu'il la caresse, là. Plus rien ne l'étonnait, ne la choquait, à présent.

— Personne ne m'avait encore dit que j'étais belle.

Peut-être n'aurait-elle pas dû lui faire cet aveu. Cela la rendait plus vulnérable à cet homme qui était lui-même la beauté incarnée. N'avait-il pas refusé d'embaucher des femmes pour éviter tout débordement de leur part ?

Un éclat sauvage luisait au fond des yeux dardés sur les siens, la faisant fondre.

— Peut-être parce que personne n'avait pris le temps de vous regarder, dit-il avec une lenteur délicieuse. Quand vous êtes arrivée au haras Navarro, je ne vous ai pas vue. Mais maintenant, je vous regarde et je vous vois, Camilla.

Sa voix avait pris un accent si grave, son regard était devenu si sérieux, si intense, qu'elle ne sut comment interpréter son attitude. En fait, il jouait son rôle de fiancé, réalisa-t-elle soudain. D'amoureux profondément épris. Il ne pouvait pas la trouver belle. Et c'était pour la galerie que la grande main chaude glissait soudain le long de son dos, de ses reins, avant de s'écarter tout à coup pour venir lui soulever le menton.

Les lèvres en feu, Camilla eut soudain du mal à respirer. Jamais elle n'avait été aussi consciente de son visage, de son corps. Se rendant compte qu'elle avait la bouche sèche, elle se passa le bout de la langue sur les lèvres. Ce fut comme un acte sexuel. Une invite.

Et Matías dut penser la même chose. Comme au ralenti, elle le vit pencher la tête, les yeux étincelants. L'instant d'après, la belle bouche sensuelle se refermait sur la sienne.

10.

Il jouait la comédie, bien sûr. C'était pour cela qu'il embrassait Camilla, et non parce qu'il n'avait pu résister plus longtemps au désir de goûter ses lèvres. Certes, dès l'instant où il l'avait touchée, Matías avait été submergé par des sensations incroyables. Pourtant, s'il brûlait de prolonger ce baiser, c'était uniquement pour donner le change aux invités qui les épiaient avec une avidité non dissimulée.

Que lui arrivait-il ? Il avait soudain l'impression de s'éveiller d'un long sommeil. Il avait cru avoir perdu son âme, au cours de ce jour funeste. Il pensait qu'elle avait été engloutie par la terre, avec le sang de sa pauvre mère. Mais alors, d'où lui venaient ces pensées troublantes, qui se bousculaient en lui ?

Cette mascarade était destinée aux photographes, se répéta Matías. Dès le lendemain, son grand-père scruterait les photos parues dans la presse et lirait les propos de la *señora* Gomez retranscrits avec zèle.

Oui, c'était pour cela qu'il glissait la langue entre les lèvres douces et poursuivait sa lente exploration, tenant le menton de sa fiancée pour mieux profiter du manque d'expérience de celle-ci. Quel mal y avait-il à savourer ce petit gémissement recueilli avec délice, à se repaître du goût divin de sa bouche ?

Cet étalage de passion n'avait qu'un seul but : le faire passer pour un homme éperdument amoureux. Ce qu'il n'était pas, bien entendu. Matías Navarro ne se laissait dominer par rien ni personne. Il demeurait maître de lui-même en toutes circonstances. C'était d'ailleurs la raison de ses succès en affaires.

Il ne faisait que ce qu'il choisissait de faire. Il ne ressemblait en rien à son père, régi par ses humeurs. Ni à son frère, gouverné par ses plus bas instincts.

Jamais Matías n'avait été séduit. Il séduisait. Et à en juger par le tremblement qui traversait Camilla, l'entreprise de séduction était en cours. Et s'il tremblait lui-même, cela venait de la montée d'adrénaline, de l'excitation. Son corps se préparait à l'acte intime qui ne se réaliserait pas. Pas avec sa fiancée, du moins.

Bien que soudain, il eût du mal à se rappeler pourquoi il se l'interdisait.

Mais quand il écarta le visage du sien et redressa la tête, il s'en souvint. Il contempla les lèvres roses et gonflées qu'il venait d'embrasser, l'expression émerveillée du regard, et tressaillit.

Ce qu'il avait sous les yeux, c'était l'innocence même. Impossible de douter de la virginité de sa fiancée, à présent.

Déflorer une femme n'avait jamais fait partie de ses fantasmes. Il laissait cela aux dépravés comme son frère. Par conséquent, le désir qu'il ressentait pour Camilla lui parut tout à coup horrible. Presque monstrueux. Avec Liliana, ça avait été différent. Il comptait bien l'épouser et passer toute sa vie avec elle. Mais son union avec Camilla ne serait que temporaire. Sa nouvelle fiancée ne possédait ni la fragilité ni la beauté douce de la première. Ni sa docilité. Elle irradiait quelque chose de sauvage. D'indomptable. Il n'avait pas menti en la comparant au soleil.

À l'inverse de Liliana, Camilla était incontrôlable. Elle chamboulerait l'équilibre régnant au haras Navarro, ainsi que sa vie, avec la même vigueur et la même détermination que lorsqu'elle s'était coupé les cheveux pour se travestir en garçon dans le but de se faire embaucher chez lui.

Jamais il ne pourrait l'apprivoiser ou la brider. Ce qu'il ne désirait pas, de toute façon. Elle possédait une audace et une intrépidité incompatibles avec l'existence qu'il s'était construite.

Et pourtant, Matías brûlait de l'emmener dans une chambre, de l'allonger sous lui et de s'enfouir en elle.

Mais il ne le ferait pas. C'était impossible.

— Waouh…, murmura-t-elle avec cette innocence désarmante.

— Ne me regarde pas comme ça.

Elle battit des cils.

— Je te regarde comment ?

— Comme si tu venais de faire une découverte. N'oublie pas que l'on nous épie et que nous sommes censés nous aimer passionnément. Pense aux photographes.

Son visage se ferma, comme s'il l'avait giflée.

— Désolée…

— Je t'en prie, tu n'as pas à t'excuser. Tu n'as rien fait de mal.

Sinon l'atteindre au plus profond de son être. Remuer des émotions enfouies en lui depuis des années.

Il ne s'agissait que d'un baiser, se répéta Matías. Inutile d'y voir autre chose.

— Tu viens de dire le contraire.

— Je voulais seulement te faire remarquer… que tu ne peux pas me regarder comme si tu venais de vivre ton premier baiser. Nous sommes supposés former un couple.

— Ça l'était, répliqua-t-elle d'une voix douce. C'était mon premier baiser.

— Ne me dis pas ce genre de chose, Camilla, murmura-t-il en se raidissant malgré lui.

— Pourquoi ? Tu m'as parlé de ton passé, confié cet horrible secret. À côté, la révélation que je viens de te faire est bien futile.

Une fois encore, sa franchise le poussa à lui dire la vérité, ce fut plus fort que lui.

— Quand tu me dis ce genre de chose, je suis tenté de te faire découvrir tout ce que tu ne connais pas. D'exaucer les désirs que je vois couver dans ton regard. D'être non seulement le premier à t'embrasser mais aussi ton premier amant. Celui dont tu garderas toujours le souvenir, que tu compareras à tous les autres.

Camilla ne manquait ni d'audace ni de témérité, mais elle n'était pas mondaine, aussi n'avait-elle pas l'habitude d'être exposée aux avances de séducteurs expérimentés. Par conséquent, elle serait choquée, effrayée, par ses paroles. Ce qui était parfait.

En outre, elle méritait de vivre sa première fois avec un amant délicat qui apprécierait une telle offrande.

— Et si je désire que tu me fasses découvrir ces choses que j'ignore ? demanda-t-elle de la même voix douce.

— Tu ne sais pas de quoi tu parles, Camilla.

— Si, au contraire. Je ne suis pas naïve au point de ne pas être au courant de ce qui se passe entre un homme et une femme. Et je... Je ne tomberai pas amoureuse de toi. Je tiens à mon indépendance et la solitude ne me fait pas peur. J'ai toujours été comme ça : volontaire et déterminée. J'ai hérité cela de mon père, ainsi que son don avec les chevaux. Alors tu n'as rien à craindre de ce côté-là. Pas avec moi.

— Ton père a épousé ta mère. Il est tombé amoureux d'une femme qui l'a trompé, et plus d'une fois. Alors, si tu lui ressembles, pourquoi serais-tu immunisée contre de telles faiblesses ?

— Mon père se sentait lié à ma mère à cause de moi. Et sa foi l'empêchait de demander le divorce. D'autre part, ça l'arrangeait de rester marié avec elle, je crois. Parce que, au fond, il savait qu'il n'était pas fait pour le mariage. Le vrai. Il voulait être libre de passer la majeure partie de son temps dehors, à travailler au haras. Les soirées mondaines, ce n'était pas son truc et il aurait détesté devoir jouer les maîtres de maison. Il ne voulait pas non plus avoir à s'occuper d'une épouse. Pas plus que je ne voudrais perdre mon temps à m'occuper d'un mari. Tu crois que j'aimerais m'habiller pour participer à des galas comme celui-ci tous les soirs ? Non, je préfère porter un jean, et chevaucher en toute liberté. Mais cela ne m'empêche pas de désirer savourer les caresses d'un homme. Les tiennes. Je te désire, Matías.

L'audace de Camilla ne connaissait décidément pas de bornes. Même en matière de sexe. Il se rappela leur première rencontre. Elle lui avait parlé avec une véhémence qu'il avait attribuée à l'impudence de l'adolescence. Alors que ce feu, elle l'avait *en elle* et l'aurait sans doute toujours. D'aucuns y auraient vu de la fausse assurance, mais Matías voyait cela comme un don singulier et rare.

Sa fiancée n'avait rien d'une séductrice. Elle le regardait droit dans les yeux, affichant clairement son désir. Sans la moindre honte, sa seule crainte étant le rejet. Elle ne jouait pas. Elle affirmait, revendiquait. Matías était fasciné. Il trouvait l'attitude de cette jeune femme… grisante.

À tel point que la tentation de céder à sa demande était presque impossible à repousser.

— Dis-le-moi, belle amazone, commença-t-il en plongeant son regard dans le sien. Dis-moi que tu veux m'offrir ta virginité. Que tu veux que je te ramène chez moi, ici, à Barcelone. Que je dénude ton corps et l'explore avec mes mains, mes lèvres, ma langue. Que tu me veux en toi. Tu dois me le dire afin que je sois certain que tu sais ce que tu me demandes.

— Je te rappelle que je n'ai pas quatorze ans mais vingt-deux, Matías. Je suis une femme.

— Mais tu n'as aucune expérience en matière de sexe. Alors, tu dois me dire que tu sais dans quoi tu t'aventures, ma belle.

Un éclat sauvage traversa les beaux yeux bruns.

— Je veux que tu me fasses l'amour, Matías. Que tu me débarrasses de ma virginité.

À la grande surprise de Matías, elle lui noua les mains sur la nuque et le tint fermement, de la même façon qu'il la tenait par la taille.

— Je te veux en moi.

Puis elle l'embrassa avec fougue, lui léchant les lèvres sans retenue. Avant de reculer la tête en rougissant comme une écolière.

Ce fut le coup de grâce.

— Très bien, dit-il d'une voix rauque. J'exaucerai tes désirs. Mais nous resterons d'abord jusqu'à la fin de la soirée. Et quand nous partirons, nous laisserons tout ceci derrière nous.

— Que veux-tu dire ?

Il promena rapidement son regard autour de lui.

— Ici, nous sommes un couple de fiancés. Nous accomplissons une performance. Une fois que nous serons dans ma chambre, il n'y aura plus que Camilla et Matías. Rien d'autre n'existera. Il ne s'agira pas d'une transaction d'affaires. Tu comprends ce que je dis ?

— Oui, chuchota-t-elle.

— Non, je ne crois pas. Je ne te demande pas d'être cette ravissante créature. D'être autre que toi-même. C'est la vraie Camilla que je veux dans mon lit cette nuit.

— Je ne sais pas si tu l'as déjà rencontrée, dit-elle en baissant les yeux.

— Eh bien, ce sera une excellente occasion de me la présenter, ma belle.

Les paroles de Matías résonnèrent en elle durant toute la soirée. Les mots qu'il avait prononcés lui donnaient une nouvelle puissance, tandis qu'elle dansait avec lui. Leur proximité était devenue plus intime, parce qu'ils savaient tous deux ce qu'ils partageraient bientôt.

Il la désirait. *Elle*, la vraie Camilla, et non cette créature élégante façonnée par toute une équipe de spécialistes. Celle qu'il voulait dans son lit, Camilla la connaissait-elle seulement ? L'avait-elle jamais révélée à quiconque ?

Toute sa vie, elle avait enfoui une partie de ses désirs au plus profond d'elle-même – elle les avait niés.

Son père lui avait accordé beaucoup de libertés, notamment celle de ne pas ressembler à sa mère et de prendre une voie complètement opposée. Mais Camilla en avait délaissé sa part féminine. Or voilà qu'aujourd'hui, la femme en elle découvrait la sensualité. Alors que Camilla n'avait jamais cherché à se mettre en valeur, elle se sentait soudain belle, sous le regard ardent de son faux fiancé.

Le trouble qu'elle ressentait était-il visible ? Matías, de son côté, demeurait impassible.

Parfaitement à l'aise, il bavardait avec les uns ou les autres en faisant preuve du même charme, de la même assurance. Et de la même détermination, exprimant son avis d'un ton ferme avant d'atténuer d'un sourire la dureté de ses propos.

De toute évidence, personne ne souhaitait le défier, mais cette prudence n'avait rien à voir avec la réputation de la famille Navarro, devina Camilla. Elle était provoquée par le charisme de Matías.

Il ne ressemblait à aucun des hommes qu'elle avait rencontrés, et elle pressentait qu'après cette aventure elle se souviendrait de lui toute sa vie. Elle ressortirait de leur histoire en emportant un petit morceau de lui avec elle. En elle.

Tout cela dégageait un délicieux parfum de romantisme. Du moins, le type de romantisme auquel avait accès une femme éprise de liberté. Car Camilla souhaitait seulement se sentir désirée quand bon lui semblerait. Et jouir d'une totale autonomie le reste du temps.

Lorsque Matías l'entraîna hors de l'immense salle puis du palace et qu'ils remontèrent à bord de la limousine, elle sentit resurgir sa nervosité. À présent qu'elle se retrouvait seule avec lui à l'arrière du luxueux véhicule, toute sa belle assurance semblait l'avoir désertée.

Dix minutes plus tard, le chauffeur s'arrêtait au bas d'un magnifique immeuble ancien.

— Je n'ai rien emporté avec moi, dit-elle, la gorge nouée et le cœur battant à tout rompre.

En effet, elle n'avait même pas songé qu'ils passeraient sans doute la nuit à Barcelone au lieu de rentrer au haras en pleine nuit.

— Ne t'inquiète pas, je me suis occupé de tout.

— Ah…

— Oui. Fais-moi confiance.

Une tranquille assurance colorait la voix de Matías, tranchant avec sa masculinité et l'énergie sauvage exsudant de son corps d'athlète. Et pourtant, Camilla le crut. Il prendrait soin d'elle.

— Tu as même pensé à une brosse à dents ? fit-elle d'un ton faussement détaché.

— Oui. Tu trouveras tout ce dont tu auras besoin.

— Et une chemise de nuit ?

Il lui souleva le menton en riant.

— Oui, mais tu n'en auras pas besoin, ma belle !

Ensuite, tout se déroula très vite. Ils traversèrent le superbe hall au sol pavé de marbre, s'arrêtèrent devant l'un des ascenseurs.

— Celui-ci conduit directement à mon étage, dit Matías en passant un badge devant la serrure magnétique.

Impressionnée, Camilla pénétra dans la cabine.

— Tu possèdes un étage entier ?

— Je tiens à ma vie privée, répondit-il avec un haussement d'épaules.

— Je vois… C'est ici que tu reçois tes maîtresses.

— Je n'ai jamais prétendu être un saint, Camilla.

S'adossant à la paroi, il défit son nœud papillon d'un geste adroit.

— J'ai connu beaucoup de femmes. Pas durant la période où j'étais fiancé à Liliana. Ni depuis que je t'ai rencontrée. Mais, oui, j'aime disposer de pied-à-terre confortables dans différents endroits de la planète pour y accueillir mes maîtresses.

— Je ne disais pas cela pour te critiquer. Je voulais simplement souligner le contraste entre toi et moi, qui n'ai jamais eu de relation intime avec un homme…

— Tu n'as rien à craindre, répliqua-t-il avec un petit sourire en coin. Je te ferai profiter de mon expérience.

— Je n'en doute pas.

Les portes de l'ascenseur coulissèrent en silence. Ils étaient arrivés au dernier étage. Matías lui prit la main et s'avança dans un appartement dont le style contemporain jurait étrangement avec l'architecture de l'immeuble.

— Je comprends de quoi tu parlais, dit Camilla en se rappelant ses paroles concernant la décoration de la maison familiale.

— Oui. La plupart de mes résidences ressemblent à cet appartement.

Elle considéra les meubles noirs contrastant avec les murs blancs, rehaussés çà et là par quelques touches de chrome ainsi que par un immense tableau abstrait aux couleurs vives, les tables en verre transparent. Tout exsudait une sobriété purement masculine.

— Tu n'as pas fait la déco toi-même.

— Non, répondit-il en ôtant sa veste. Comment l'as-tu deviné ?

Après avoir laissé tomber le vêtement sur le sofa en cuir circulaire trônant au milieu de l'espace, il défit ses boutons de manchettes en or d'un geste rapide, puis commença à déboutonner sa chemise blanche.

— Cette ambiance ne te ressemble pas vraiment. On voit que tu as demandé à quelqu'un de s'occuper de tout. C'est très impersonnel, comme style.

Il éclata de rire.

— Et tu trouves que le bleu ciel, les dorures et les frises ornementales de la maison de mes ancêtres sont plus à mon goût, peut-être ?

— Oui, dit Camilla en riant à son tour. Parce que cette maison a une histoire et qu'elle fait partie de toi – que tu le veuilles ou non.

L'expression de Matías se durcit.

— Je crois que nous avons assez parlé.

Sur ces mots, elle se retrouva dans ses bras. Déjà, il prenait sa bouche avec passion, presque brutalement.

Quand il écarta ses lèvres des siennes, elle le regarda en silence, le souffle court. Puis il recula d'un pas et acheva de déboutonner sa chemise.

Son torse était… aussi masculin que l'environnement. Mais beaucoup plus fascinant. Tout en muscles fermes jouant sous la peau hâlée recouverte en partie d'une toison brune.

— Oui ? fit-il en haussant un sourcil.

— Je… Je te regarde, c'est tout.

— Pourquoi me regardes-tu ?

— Parce que tu es… beau.

Quelle idiote… Un embarras insensé s'empara de Camilla. Elle se sentait si gauche, tout à coup. Elle ne possédait aucune expérience, n'avait encore jamais embrassé un homme avant Matías, et elle allait le laisser découvrir son corps, la caresser. Elle allait voir le sien tout entier, le toucher…

C'était enivrant, exaltant, et terrifiant.

Elle allait se donner à lui, s'abandonner à ses propres désirs. Elle allait savourer ces instants. S'affirmer en tant que femme. Et profiter de l'expérience de Matías.

— Tu es beau, répéta Camilla. Je le pense vraiment.

S'avançant d'un pas, elle posa la paume sur son torse nu. Il était chaud. Brûlant. Sous sa main, le cœur de Matías battait à un rythme sauvage. Lui aussi était troublé. Elle l'attirait. Il la désirait autant qu'elle le désirait.

Ils partageaient le même désir.

— Je ne sais pas ce que je fais, murmura-t-elle.

— Moi, oui. Ne te pose pas de questions. Suis-moi.

Ces mots lui firent l'effet d'une délicieuse promesse.

Lui passant les mains derrière le dos, il fit glisser la fermeture Éclair de sa robe bustier, qui tomba à ses pieds. Puis Matías lui prit la main et l'attira vers lui, tandis que Camilla repoussait la soie dorée du bout du pied et se tenait devant lui, vêtue d'une seule culotte de dentelle minuscule. Mais tout embarras l'avait maintenant quittée. Parce qu'il la désirait et qu'elle avait confiance en lui.

Matías était l'incarnation de tous ses fantasmes. Grâce à lui, elle se sentait heureuse d'être une femme.

— Et toi tu es très belle, dit-il en promenant lentement son regard brûlant sur son corps presque nu.

Elle ne regrettait plus du tout ses cheveux longs. Jamais elle ne s'était sentie aussi féminine, aussi séduisante, qu'à cet instant.

Sans dire un mot, il tendit la main et passa le bout du pouce sur un mamelon durci. Camilla laissa échapper un halètement et recula malgré elle. La sensation était trop intime, trop extraordinaire.

— Apprends-moi, dit-il d'une voix rauque. Aide-moi à découvrir ce que tu aimes. Même si cela m'embarrasse.

— Toi ? Embarrassé ? s'exclama Camilla, surprise.

Il émit un petit rire de gorge follement sexy.

— Tu es si innocente, ma belle, murmura-t-il en lui saisissant le poignet pour guider sa main vers la braguette de son pantalon noir.

Un nouveau halètement lui échappa. Il était si ferme, si viril, si puissant…

— Quand un homme désire ardemment une femme, il a du mal à se contrôler, poursuivit Matías. J'aimerais tenir longtemps, pour toi. Je veux que tu aies autant d'orgasmes que tu le souhaites. Je veux te donner du plaisir, encore et encore, avant de céder à mon tour à la jouissance. Mais si je perds tout contrôle, ça risque d'être difficile.

— Parce que tu ne peux… Tu ne peux que… qu'une seule fois ? demanda-t-elle, les joues en feu.

— Je peux jouir une seule fois durant un certain laps de temps, précisa-t-il. Tandis que toi, tu ne seras pas aussi limitée.

— Ah… C'est… très intéressant…

Il la dévisagea en plissant les yeux.

— Comment se fait-il que tu ignores ces choses ? Tu n'en as jamais discuté avec des amies ? Ni entendu les hommes bavarder entre eux, au haras de ton père ?

— J'étais la fille du patron, alors ils faisaient attention à ce qu'ils disaient quand j'étais dans les parages. Et en ce qui concerne les amis… j'avais les chevaux. Ce qui est très instructif côté reproduction, mais pas tellement en ce qui concerne les… les plaisirs sensuels.

— Mais tu dois bien avoir exploré ton propre corps, non ?

— Oui, mais je ne crois pas avoir connu le plaisir dont tu as parlé tout à l'heure, dit-elle en rougissant de plus belle.

— Tu n'as jamais eu d'orgasme ?

— Non.

Un gémissement sourd franchit les lèvres de Matías, alors qu'il la soulevait dans ses bras pour l'embrasser avec fougue.

La toison recouvrant son torse était un peu rêche contre ses seins, mais la sensation, délicieuse.

Il la serra plus étroitement encore en lui caressant les reins. Camilla sentit la puissante érection et frissonna. De volupté et d'excitation. Les mains chaudes glissaient sur ses fesses, ses cuisses, puis il la souleva en même temps qu'il arrimait ses jambes sur ses propres hanches.

L'endroit le plus sensible de son corps se retrouva pressé contre le membre viril. Une myriade de sensations fulgurantes se déploya au fond de son sexe, se répandit dans tout son corps.

C'était ça, un orgasme ?

— Non, pas encore, dit Matías, lisant dans ses pensées.

Il pencha la tête et l'embrassa dans le cou, descendit sur

sa gorge, son sein, jusqu'à la pointe gonflée qu'il aspira entre ses lèvres, faisant jaillir en Camilla une nouvelle vague de plaisir d'une intensité inouïe.

Tout en la tenant fermement, il bascula les hanches en avant, tandis qu'elle s'agrippait à ses épaules et lui enfonçait les ongles dans la chair. Un ouragan de sensations fabuleuses se déchaînait en elle, la faisant trembler tout entière.

Ce qu'elle avait ressenti jusque-là n'avait été qu'un avant-goût de la véritable jouissance. Ce qui se passait maintenant dépassait tout ce qu'elle aurait pu imaginer. Le plaisir montait de plus en plus haut, presque insoutenable. Et il avait dit qu'elle jouirait plusieurs fois au cours de la nuit ? Elle n'y survivrait pas. Ce qu'elle ressentait était trop puissant, trop intense.

Soudain, la marée emporta Camilla. Haletante, elle s'abandonna à la jouissance. La vraie.

Un gémissement franchit ses lèvres, puis elle appuya la tête dans le creux de l'épaule de Matías et ferma les yeux. La serrant dans ses bras, il traversa le vaste espace ouvert et, d'un coup de pied, poussa une porte située sur la gauche.

Après l'avoir allongée sur un lit immense trônant au milieu de la pièce, il s'installa au-dessus d'elle.

Le cœur battant la chamade, le corps encore alangui par le plaisir, Camilla se sentait trop ébranlée pour songer à ce qui allait suivre.

Mais quand Matías la regarda, elle se souvint de sa promesse. Il ne la brusquerait pas. Elle pouvait avoir confiance en lui.

D'un geste expert, il la débarrassa de sa culotte, puis glissa une main entre ses cuisses. À présent, il savait qu'elle était très excitée et prête à l'accueillir. Mais cela n'embarrassa pas Camilla le moins du monde.

Il lui caressa le clitoris, la faisant frissonner, trembler, l'amenant à désirer un nouvel orgasme – ce qu'elle aurait cru impossible quelques instants plus tôt.

— Je te désire, chuchota-t-elle.

— C'est vrai ? Tu me désires vraiment, Camilla ? Ou ce qui t'intéresse, c'est le plaisir que je peux t'offrir ?

— Je n'en sais rien… Je veux dire que je ne connais pas ce plaisir. J'ignore tout de ces choses, mais dès le premier instant où je t'ai vu, j'ai su que tu étais… spécial. Ta proximité me troublait, au plus profond de mon être. J'ai d'abord lutté contre cette sensation. Mais le désir a été plus fort que la raison, Matías.

Après cet aveu, elle se sentit encore plus vulnérable, plus nue. Plus exposée que lorsqu'il l'avait caressée à l'endroit le plus intime de son corps.

Camilla refusa d'analyser le sentiment qui frémissait dans son cœur et se concentra sur le désir qui montait en elle, sur le membre chaud et ferme qui effleurait l'orée de son sexe.

— Dis-le-moi encore, murmura Matías en lui caressant de nouveau le clitoris. Dis-moi que tu me désires.

Pour toute réponse, elle souleva les hanches pour mieux sentir son érection.

Il rit doucement.

— Sois sage. Et dis-moi que tu me désires.

Lentement, il pencha la tête, jusqu'à ce que sa bouche se retrouve à quelques millimètres de celle de Camilla.

— Quand on veut dompter un cheval, il faut d'abord lui montrer qui est le maître. Et tu vas découvrir que je suis le maître de ton corps, ma belle amazone.

Elle tressaillit. Au lieu de se sentir insultée par ces paroles, de répliquer que c'était elle la maîtresse de son propre corps, de son avenir, elle laissa échapper une longue plainte. De frustration et d'impatience. Elle brûlait de le sentir en elle. D'être possédée par lui, sans même savoir ce que cela pouvait signifier.

— Patience, patience…, chuchota-t-il contre ses lèvres.

Puis il l'embrassa avec passion, presque sauvagement, en même temps qu'il enfonçait un doigt en elle, et tout en continuant de lui caresser le clitoris du pouce.

La sensation était fabuleuse et étrange à la fois, si bien qu'il fallut quelques instants à Camilla pour s'habituer à cette intrusion. Soudain, elle en désira davantage. Non seulement elle voulait sentir son membre viril, mais être possédée par Matías, tout entière.

— Matías…, murmura-t-elle avec une sorte de désespoir.

Désormais, fierté et amour-propre n'avaient plus cours. Et tandis qu'il explorait son sexe avec un art redoutable qui lui arrachait des gémissements entrecoupés de halètements, Camilla s'abandonna complètement au plaisir qui déferlait.

Égarée dans la volupté, elle poussa un cri. Tout son corps sembla se contracter un bref instant, puis la jouissance balaya tout sur son passage, avec plus de force encore que la première fois.

Mais quand elle reprit ses esprits, un sentiment de frustration l'envahit alors qu'elle était pourtant comblée.

Tremblant encore, Camilla repoussa légèrement Matías qui se laissa faire sans résister. Lorsqu'il fut étendu sur le dos, elle se pencha pour lui embrasser la poitrine, le ventre, se repaissant de la fermeté des abdominaux impressionnants. Elle s'immobilisa et contempla le relief tendant l'étoffe du pantalon. Là commençait un territoire inconnu. Mais elle n'allait tout de même pas se laisser intimider maintenant…

Un sourire aux lèvres, elle passa les doigts sur la puissante érection.

— Ne me provoque pas, Camilla, dit-il d'une voix terriblement rauque. Tu joues avec le feu.

— Parfait. J'ai toujours aimé vivre dangereusement.

— Tu pourrais te brûler les doigts.

— C'est peut-être ce que je cherche, répliqua-t-elle en déboutonnant son pantalon.

Après avoir ouvert la braguette, elle fit glisser pantalon et caleçon de soie noire sur les cuisses musclées.

Il était superbe. Intimidant, certes, mais si attirant…

Se penchant, elle passa le bout de la langue sur le membre ferme et chaud à la peau soyeuse. Matías poussa un juron et l'empoigna par les cheveux. Il lui faisait un peu mal, mais Camilla poursuivit son exploration. Bientôt, elle le prit dans sa bouche, savourant le parfum de musc, mâle, enivrant.

— Assez ! ordonna Matías en se redressant.

Après l'avoir soulevée par la taille, il l'installa à califourchon sur lui.

— J'ai besoin de *toi*, dit-il de cette voix rauque si excitante. Tout entière.

Cela suffit à Camilla. Se penchant légèrement en arrière, elle saisit son érection pour le guider en elle.

Il jura de nouveau, puis se tourna vers la table de chevet.

— Préservatif, dit-il en lui tendant un petit sachet en plastique. Mets-le-moi.

Les doigts tremblants, elle déchira le plastique, puis tritura un instant la chose en latex avant de la dérouler sur le membre viril. Puis elle se réinstalla sur son amant et, après une légère hésitation, se laissa glisser lentement sur l'érection.

Camilla se mordit la lèvre pour ne pas crier alors qu'elle accueillait le membre au cœur de sa féminité. Comme elle l'avait prévu, il n'y eut pas de douleur déchirante. Plutôt une sensation inconnue, et pas franchement agréable.

Mais lorsque la pénétration fut totale, un frisson sensuel la traversa tout entière. Pas seulement à cause du plaisir qui se répandait dans son sexe, mais parce qu'elle s'habituait à la présence de Matías en elle. Et que cette fusion renforçait leur union.

Elle allait vivre avec lui durant des mois et ils partageraient de tels moments fabuleux… Elle le sentirait, au plus profond. Elle le chevaucherait, nu et somptueux. Elle explorerait son corps, le goûterait, partout.

Matías serait à elle.

Un sentiment d'exultation envahit Camilla. De liberté.

Puis elle commença à bouger. Les mains appuyées sur le torse de Matías, le regard soudé au sien, elle se souleva avant de redescendre lentement en sentant le plaisir l'inonder. L'impression d'inconfort avait disparu, remplacée par une autre, de satisfaction intense. Lentement, la volupté prenait possession d'elle. Basculant les hanches en avant, Camilla se prépara à l'explosion des sens qu'elle avait déjà expérimentée à deux reprises.

L'instant d'après, elle se retrouva sur le dos et Matías se redressa au-dessus d'elle, sombre, ténébreux, les mâchoires serrées.

Son cœur s'arrêta de battre. L'univers entier disparut. Elle se sentait… minuscule. Fragile. Tout contrôle lui échappait, alors que quelques instants plus tôt, elle avait l'impression de diriger les opérations.

Prenant ses poignets, il lui remonta les bras au-dessus de la tête et les maintint d'une main ferme. Les coups de reins devinrent de plus en plus vigoureux, de plus en plus rapides. Après avoir cru découvrir la jouissance, Camilla se sentait de nouveau perdue. Égarée dans un monde inconnu où tout n'était que volupté.

La tête renversée en arrière, elle se laissait dominer par Matías. Il la possédait.

À cette pensée, elle fut parcourue par un frisson érotique inattendu. Presque choquant. Jamais elle n'aurait cru ressentir de la joie à se sentir aussi impuissante.

Camilla referma les jambes autour des reins de son merveilleux amant pour mieux s'accorder au rythme de ses coups de reins.

Soudain, il se mit à trembler, et tout à coup, le maître renonça à tout contrôle. Durant quelques instants, elle vit Matías dans son essence. Exposé lui aussi. À nu.

Ce fut très bref. Un tremblement violent parcourut son corps viril tendu à l'extrême, puis il céda à la jouissance, l'entraînant avec lui.

Elle s'y abandonna complètement en s'accrochant à lui, puis ils retombèrent, tremblants, dans les bras l'un de l'autre.

Quand le calme revint, un seul bruit troublait le silence régnant dans la chambre. Celui de leurs souffles saccadés.

Une sensation de justesse envahit Camilla. D'harmonie. C'était aussi bon que de se retrouver au haras, chez elle. De sentir le vent lui caresser le visage quand elle traversait les oliveraies au galop. Tout lui semblait familier alors qu'elle n'avait jamais rien vécu de tel auparavant.

Mais lorsque Matías se souleva en s'appuyant sur les mains et la regarda, la sensation d'harmonie se doubla d'une autre, affreusement douloureuse.

Ce fut comme si son cœur se déchirait.

Camilla ferma les yeux, dans l'espoir de chasser la souffrance qui irradiait dans sa poitrine.

11.

Matías regarda Camilla dormir un long moment avant de se rendre compte tout à coup qu'il mourait de faim.

Quittant le lit, il se dirigea vers la cuisine dont il ressortit quelques minutes plus tard avec un grand plateau sur lequel il avait posé un assortiment de charcuterie et de fromages, ainsi que deux assiettes.

Il s'assit sur le bord du lit et attendit. Camilla battit des paupières, les souleva, puis le contempla, encore à moitié endormie.

— Bonjour, dit-il doucement.

— C'est le matin ? demanda-t-elle en roulant sur le dos.

Après avoir remonté un bras au-dessus de sa tête, elle ne prit pas la peine de tirer le drap sur elle et demeura ainsi, nue. Offerte.

— Quasiment.

Elle se redressa sur son séant, à présent bien réveillée.

— Il fait encore nuit dehors, fit-elle remarquer.

Ses cheveux courts étaient ébouriffés, le bandeau doré avait disparu dès la première étreinte, mais elle demeurait aussi belle.

— Oui, c'est vrai. Mais j'avais faim.

Il plaça le plateau devant elle.

— Et j'ai pensé que toi aussi tu aimerais peut-être manger quelque chose.

— Oui, je crois… Mais…

— Ne t'inquiète pas, nous avons tout notre temps.

Personne ne nous attend, nous pouvons rester au lit toute la journée si nous en avons envie. Alors tu devrais reprendre des forces, parce que je n'en ai pas terminé avec toi.

Matías ne ressentait aucune culpabilité d'avoir défloré une vierge. Peut-être à cause de l'adorable roseur colorant les pommettes de Camilla. Ou des petits sons si érotiques qui avaient franchi les belles lèvres pulpeuses tandis qu'elle s'abandonnait à la jouissance dans ses bras.

En fait, il se sentait… satisfait. Content. Dans une semaine, il serait marié, après s'être fait voler sa fiancée initiale. Alors qu'il aurait dû être furieux d'avoir ainsi été manipulé, il se sentait même *très* content.

Non seulement il avait trouvé une remplaçante à Liliana, mais sa future épouse s'était révélée particulièrement réactive, dans son lit.

Les genoux remontés contre son buste, elle prit un morceau de fromage. Il ne put détacher les yeux de ces lèvres, de cette langue rose qui goûtait la nourriture et qu'il mourait d'envie de sentir à nouveau sur sa peau.

— Dis-moi, quels sont tes projets, une fois que nous en aurons terminé avec cette histoire ? demanda Matías.

— Mes projets ? répéta-t-elle, surprise. Eh bien… Retourner au haras Alvarez. Entraîner mes chevaux.

— Nous allons devenir concurrents.

Elle inclina la tête sur le côté.

— Oui, je suppose. Mais c'était déjà le cas de nos pères.

— Leur relation était toutefois un peu différente.

Ses joues tournèrent au rouge écarlate.

— J'imagine.

— Tu envisages de développer le haras ?

— Je n'en sais rien, répondit-elle en battant des cils. Pour l'instant, je désire simplement retrouver ce que je connais. Les derniers mois ont été si… difficiles. Je ne pourrais même pas l'expliquer. C'était comme si, brusquement, j'avais perdu tous mes repères, que ma vie ne reposait plus sur rien. J'avais l'impression de tomber en chute libre. Mon père est mort, et j'ai à peine eu le temps de le pleurer. Parce que je perdais aussi ma maison. Et mes chevaux.

— Mais tu as fait ce qu'il fallait pour les retrouver.

Elle haussa les épaules.

— Je savais que mes chevaux, et Fuego, faisaient désormais partie de ton haras. Alors j'ai pensé… que si je pouvais conserver un lien avec eux je ne deviendrais pas complètement folle.

— Tu me parais tout à fait saine d'esprit.

— Ça, c'est discutable. Il ne doit pas y avoir beaucoup de femmes prêtes à se couper les cheveux et à se déguiser en garçon pour décrocher un job !

— Vraiment ? Pour ma part, je trouve cela plutôt ingénieux.

— Quand tes hommes sont venus chercher les chevaux, je les ai suppliés de m'embaucher. Mais un type m'a dit que tu ne recrutais pas de femmes. La solution s'est imposée à moi.

— Tu es ingénieuse, tu as de la ressource, et du courage.

Se penchant vers elle, il lui caressa les lèvres du bout du pouce. La lueur qui éclaira les grands yeux bruns le toucha profondément.

— Je sais ce que c'est de se sentir seul, Camilla.

Il recommençait à se confier. À elle et elle seule. C'était plus fort que lui.

— Après la disparition de ma mère, je me suis retrouvé isolé. J'étais le seul à savoir que mon père avait causé sa mort. Personne ne voulait me croire. Mon frère et moi n'avons jamais été proches, mais cet horrible épisode a encore creusé le fossé qui existait déjà entre nous. Alors que nous n'étions que des gamins, nous avons été forcés de devenir des hommes. Beaucoup trop tôt.

— Tu es devenu quelqu'un de bien. Tandis que ton frère…

Matías repensa à Diego enfant, emmuré dans la colère

et la méfiance. Impossible de lui parler. Ensuite, tout avait dégénéré. Cependant, de la même façon que Diego ne connaissait pas ses secrets, lui-même se rendait soudain compte qu'il ne savait pas tout de la vie de son frère aîné. Il en ignorait même sans doute bien des aspects.

— Je ne sais pas s'il en a jamais eu la possibilité.

— Pourquoi aurait-ce été différent pour lui ?

Brusquement, Matías ne fut plus sûr de rien. Et il n'aimait pas du tout ce sentiment d'incertitude. Il préférait que tout reste simple, noir ou blanc. C'était ainsi qu'il régissait sa vie.

— Je me dis parfois que les gens sont faits différemment, répondit-il. C'est la meilleure explication que j'aie.

— Tu as peut-être hérité davantage de ta mère que lui, répliqua doucement Camilla.

— Peut-être, dit-il avec effort.

— Est-ce que c'est ça, la vraie raison pour laquelle tu refuses d'embaucher des femmes ? À cause de ta mère ? Tu ne veux pas qu'elles travaillent avec les chevaux parce que…

— Ma mère n'a pas été tuée par un cheval, l'interrompit-il. Elle a été tuée par mon père. C'est lui qui a effrayé le cheval. Délibérément.

Lorsqu'elle lui posa la main sur l'avant-bras, Matías sentit quelque chose frémir dans sa poitrine et en fut agacé. Il n'aimait pas du tout que Camilla réarrange ainsi les choses à sa façon. Ces choses qu'il avait organisées avec tant de soin.

— Quand même, dit-elle doucement. Je pense que cela pourrait être la cause de ton attitude.

— Je rêve de cris, poussés par des chevaux et des femmes.

Décidément, il faisait dans le pathétique. Il ne parlait pas de cela, bon sang. Avec personne. Jamais.

— Matías…

Elle le prit dans ses bras et appuya la joue contre sa poitrine.

— Tu as dû être fort et bon, plus que tous les autres, parce que tu étais le seul à en être capable. C'est injuste.

À présent, elle tentait de le... réconforter. Quand cela lui était-il arrivé pour la dernière fois ? Sans doute sa mère l'avait-elle consolé lorsqu'il était petit, mais il n'en gardait aucun souvenir. Il ne se rappelait que les violentes disputes de ses parents. Et sa mère se cachant de son père. Lui-même faisait la même chose, pour se protéger de cet homme imprévisible et cruel.

— Lorsque Fuego t'a...

Matías s'arrêta, incapable de continuer. Il avait la gorge nouée, les poumons en feu. Il attendit que la tempête s'éloigne. Que le calme revienne en lui.

— Lorsque son sabot t'a heurtée à la tête, cela m'a rappelé la mort de ma mère, dit-il alors d'une voix étouffée. Ils ne le font pas exprès, mais des animaux aussi grands et puissants peuvent faire tant de mal...

— Personnellement, je trouve ça incroyable que tu veuilles continuer à travailler avec les chevaux et conserver le haras Navarro, répliqua-t-elle en lui caressant le bras. Tout le monde comprendrait que tu tournes le dos à tout cela.

À vingt ans et quelque, ça avait été son intention. Il avait songé à faire fortune ailleurs. C'était dans ce but qu'il avait quitté l'Espagne et établi le siège de sa société à Londres. Mais il avait découvert qu'il était impossible d'échapper à son passé. Plus il s'éloignait de la maison familiale, du haras Navarro, plus ses cauchemars le tourmentaient sans répit.

— C'est devenu une mission pour moi, reconnut Matías. Et je ne renoncerai pas avant d'avoir expurgé les lieux. Une fois que j'y serai parvenu, je m'en irai.

— Je comprendrais que tu partes et que tu te consacres uniquement à tes affaires, mais j'avoue que j'ai du mal à l'imaginer. Cela ne te ressemble pas.

— Tu te trompes peut-être. Et si je préférais passer mes soirées à des galas mondains plutôt que chez moi, au coin du feu, dans la bibliothèque ? Et si je profitais de mes moments de loisir dans des appartements rutilant de chrome et de verre plutôt que dans les écuries ou les manèges ?

— Ce ne serait plus toi, rétorqua Camilla avec une tranquille assurance.

Desserrant son étreinte, elle se leva et lui prit les mains pour les regarder.

— Tes mains parlent pour toi. Ce ne sont pas celles d'un homme heureux de travailler sur un ordinateur, enfermé dans un bureau. Elles sont marquées par les durs labeurs. Ceux que tu accomplis volontiers lorsque tu n'es pas obligé de faire fructifier tes affaires. Tu as ça dans le sang, Matías. Dans le cœur.

Elle posa l'une des mains viriles sur son sein, tandis qu'un lent sourire se dessinait sur la belle bouche pulpeuse de son fiancé.

— Tu as exactement le genre de mains que j'aime.

— Dans ce cas, si je suis ton type d'homme, pourquoi n'as-tu pas offert ta virginité à l'un de ceux qui travaillaient avec toi au haras de ton père ?

— Parce qu'ils n'étaient pas toi. Il ne suffit pas d'avoir les mains adéquates. C'est beaucoup plus complexe.

Le sein doux et ferme frémissait sous sa paume. Matías était maintenant si excité qu'il avait du mal à réfléchir. Mais avant de faire à nouveau l'amour à Camilla, il voulait encore savoir quelque chose.

— Quel est ton plus grand rêve, ma belle ?

Quand tout serait terminé, il lui restituerait le haras Alvarez comme promis. Et les chevaux. Mais aussi Fuego. L'étalon aurait été un atout formidable pour son propre haras, mais à présent, il savait qu'il devait revenir à Camilla.

En outre, il désirait exaucer son souhait le plus cher. Il venait d'en décider ainsi et ne changerait pas d'avis.

— Je ne veux que le haras, répondit-elle, l'air perplexe.

— Tu l'auras, je te l'ai promis. Mais que voudrais-tu d'autre ? Tu dois bien avoir des désirs secrets, des rêves ?

— Non, je ne vois rien d'autre, dit-elle en baissant les yeux. Tout ce que je désire, c'est retrouver ma vie d'avant.

Elle mentait, Matías en fut certain. À lui ou à elle-même. Mais il n'avait plus envie de parler. Le sein rond était doux et chaud, la peau soyeuse. Le mamelon ferme sous sa paume.

Après avoir écarté le plateau, il prit Camilla dans ses bras.

— Quel que soit ton souhait le plus secret, je ferai en sorte qu'il soit exaucé, affirma-t-il en la regardant dans les yeux. Je t'en donne ma parole.

12.

À la grande surprise de Camilla, le jour de leur mariage débuta comme tous les autres. Par conséquent, elle n'avait aucune raison d'être nerveuse. Ils en avaient discuté des tas de fois, elle et Matías. Dans les moindres détails.

En début de semaine, la styliste lui avait proposé une sélection de robes parmi lesquelles Camilla avait choisi la plus sobre.

Liliana aurait sans aucun doute opté pour un style tout différent, mais cette robe était parfaite pour elle, blanche, à la coupe simple, aux lignes pures, et très élégante.

Se détournant du miroir, elle repensa à la semaine passée, si fertile en découvertes sensuelles. Il lui suffisait d'y songer pour frissonner d'excitation. Rien de ce qu'ils faisaient au lit ne l'embarrassait. Tout l'enchantait, la grisait. Et lui donnait envie de poursuivre ce voyage sensuel. Avec Matías.

Elle imaginait déjà comment ils pourraient continuer à se voir tout en menant des vies séparées *une fois que cette affaire serait réglée*, comme disait son merveilleux amant. Les deux haras n'étaient pas très éloignés l'un de l'autre. Le trajet se faisait en quelques heures de route. Matías pourrait gérer ses affaires et quand il serait sur place, il viendrait la voir dès qu'il en aurait la possibilité. Chez elle, dans sa maison tant aimée. Elle l'emmènerait dans le jardin, lui montrerait les fontaines aux magnifiques mosaïques. Ils iraient chevaucher, jusqu'aux abords des montagnes.

Et ils feraient l'amour, encore et encore.

Il s'agissait de fantasmes un peu ridicules, mais avant Matías, Camilla n'avait désiré aucun homme. Elle n'avait jamais été aussi… obsédée par qui que ce soit. Par son corps. Son esprit. Son âme.

Ils avaient tant de choses en commun, tous les deux.

Enfin, sauf le côté play-boy milliardaire. Mais ils partageaient le même besoin d'indépendance farouche. La même volonté de rester seul maître à bord.

Cependant, Matías était davantage hanté par ses démons qu'elle-même. La nuit, il se réveillait souvent et elle restait immobile à côté de lui, la main posée sur son torse. Parfois, tel un ange gardien, elle demeurait éveillée à le regarder dormir d'un sommeil agité, peuplé de cauchemars liés à son passé.

Petit à petit, Camilla sentait un désir inconnu croître en elle. Un désir puissant n'ayant aucun rapport avec le sexe. Après leurs étreintes passionnées, quelque chose continuait de palpiter dans sa poitrine. Et ce quelque chose la tenaillait, la travaillait en sourdine, presque douloureusement.

Elle faisait de son mieux pour l'ignorer, déterminée à ne pas se laisser dominer par une sensation aussi étrange qu'inattendue.

Et maintenant que le jour du mariage était arrivé, ce n'était certes pas le moment d'avoir des états d'âme.

Lorsqu'elle s'était réveillée ce matin, Matías avait déjà disparu. Probablement pour aller vaquer à ses tâches quotidiennes. Il n'y avait rien d'inhabituel à cela, même si la plupart du temps, ils se réveillaient ensemble.

La cérémonie aurait lieu en fin d'après-midi, suivie d'un dîner et d'un bal en plein air. Les invités étaient pour la plupart les villageois ou des parents éloignés. Et bien sûr, le grand-père de Matías ferait le voyage, en dépit de son état de santé qui rendait tout déplacement difficile.

Sa venue préoccupait Camilla. D'un côté, elle était furieuse qu'il assiste à leur mariage. Matías avait tant souffert à cause de sa famille... De l'autre, sans ce grand-père, la noce n'aurait pas eu lieu.

Sans cet homme manipulateur, Camilla n'aurait jamais épousé Matías.

Elle avait beau le savoir, cette pensée lui demeurait désagréable et difficile à admettre. Parce que, pour elle, il s'agissait de bien davantage, hélas.

Pour Camilla, cette union était bien trop réelle, et par conséquent, douloureuse.

Chassant ces pensées inopportunes, elle se tourna de nouveau vers le haut miroir. Désormais familière de cette version plus sophistiquée d'elle-même, elle examina son reflet d'un œil critique.

Rouge à lèvres rose foncé mettant la bouche en valeur, trait d'eye-liner noir racé rehaussant les yeux, touche de blush pour mettre les pommettes en valeur.

Quant au long voile arrimé à un diadème en or serti de minuscules diamants offert par Matías, il descendait jusqu'au sol, se mêlant à l'étoffe vaporeuse de la robe.

Camilla se trouvait belle, mais cela n'avait rien à voir avec le maquillage ou la robe. C'était la semaine passée dans les bras de son fiancé qui lui donnait cet éclat intérieur.

Grâce à lui, elle se sentait unique. Elle ne s'inquiétait même plus d'être comparée à Liliana. Matías adorait son corps, il le lui montrait chaque jour, chaque nuit.

Au souvenir du plaisir qu'ils prenaient tous deux à leurs délicieuses explorations réciproques, Camilla sourit. Au même instant, Maria entra dans la pièce et lui tendit un bouquet de fleurs tout simple mais d'un rouge vibrant.

Gardant le sourire aux lèvres, Camilla descendit bientôt l'escalier conduisant au grand hall, précédée de la gouvernante.

— Tout est prêt, dit celle-ci en arrivant au bas des marches. Je vous ferai signe. Restez ici.

Sur ces mots, Maria se dirigea vers la double porte, en ouvrit un battant et disparut, la laissant seule.

Elle allait épouser Matías. Soudain, Camilla eut l'impression d'avoir attendu ce moment toute sa vie. Comme si leur rencontre avait été prédestinée.

Rien de tout ceci n'était réel, pourtant. Il s'agissait d'une comédie, jouée devant le monde entier. Le grand-père de Matías avait orchestré la vie de ses petits-fils, elle ne devait pas l'oublier. Ce mariage n'était en fait qu'une banale *transaction d'affaires.*

— Eh bien ! fit une voix virile derrière elle. Quelle mariée époustouflante !

Elle fit volte-face, le cœur battant à tout rompre. L'homme immobile qui se tenait à quelques pas d'elle n'était pas Matías. Grand, d'une beauté ténébreuse, il ressemblait cependant suffisamment à son fiancé pour que Camilla devine à qui elle avait affaire.

Diego Navarro possédait le même magnétisme, la même taille et la même carrure athlétique que son frère. Mais une aura menaçante émanait de sa haute silhouette. Quelque chose de terriblement sombre et inquiétant. De dangereux.

— Vous êtes Diego, je suppose ? demanda-t-elle, crispée.

— Ne prenez pas cet air mélodramatique, répliqua-t-il en s'avançant vers elle. J'avoue que je suis impressionné par la réactivité de mon frère. Ses scrupules l'empêchent souvent de remporter bien des victoires, mais pour ma part, je n'ai jamais compris pourquoi il s'imposait de telles limites.

— Je ne sais pas de quoi vous parlez. Matías et moi, nous nous aimons. Nous nous aimions déjà avant le départ de Liliana. Son renoncement n'a fait que nous arranger.

Elle donnait la version mise au point avec Matías, mais d'où lui venait le cran de tenir tête à son frère ?

— C'est une très belle histoire, repartit Diego. Mais je l'avais déjà lue dans la presse. Vous savez, mon frère se targue d'être un homme bon, mais au fond, il n'est pas différent de moi. Il se contente de s'entourer de principes moraux lorsque ça l'arrange, ce que, de mon côté, je n'ai jamais jugé nécessaire. Il décide que certains actes sont *bons* et d'autres *mauvais*. Il estime que ses motivations sont plus justes que les miennes et que, par conséquent, il doit remporter la victoire et hériter du patrimoine familial. Quant à moi, je n'ai besoin d'aucune motivation autre que mon désir de gagner. D'être satisfait. Mais je ne prétends pas être *bon* – à quoi cela me servirait-il ?

— Est-ce ce désir de gagner qui vous a conduit à emmener Liliana ?

Un sourire s'esquissa au coin de la bouche de Diego.

— Elle ne représentait qu'un moyen me permettant d'arriver à mes fins. Comme le reste.

— Est-elle partie avec vous de son plein gré ? Ou l'avez-vous enlevée ?

— Oh ! je l'ai bien enlevée, répondit-il avec un petit rire moqueur. Mais elle s'est vite laissé convaincre de m'épouser. J'ai simplement dû lui demander de mentir à Matías pour qu'il cesse de la faire rechercher. Il n'est pas très confiant. Il a cru si rapidement à la trahison. C'est une faiblesse, à mon avis. À votre place, je surveillerais la chose. S'il apparaissait maintenant, je suis certain qu'il vous submergerait de questions. Surtout s'il entrait dans le hall au moment où je vous prenais dans mes bras.

Quand il s'avança vers elle, Camilla recula.

— Ne vous approchez pas. Vous n'êtes qu'un scélérat.

À ces mots, il éclata de rire.

— C'est vous qui le dites. Mais un scélérat n'en est pas moins le héros de sa propre histoire. J'ai lu cette phrase quelque part et elle me plaît. Bien que je n'aie pas plus que cela envie d'être un héros. Je me contente d'atteindre mes objectifs.

— Eh bien, vous ne l'atteindrez pas cette fois-ci, puisque Matías et moi allons nous marier aujourd'hui.

— Mais je ne serai pas perdant, répliqua-t-il, les yeux étincelants. Parce que j'hériterai de ma part de la fortune familiale. Et si je décide de creuser un peu l'affaire avec mon avocat, je me retrouverai sans doute avec une part de l'entreprise de mon frère, en plus du reste.

Une lueur de cruauté traversa son regard.

— Et puis, Matías a dû s'accommoder d'une fiancée de second choix. Alors, oui, je crois que ma victoire sera assez satisfaisante, sinon complète.

À cet instant, Camilla aperçut Maria qui lui faisait signe.

— Venez, c'est le moment !

— Je ferais mieux d'aller rejoindre les invités, fit Diego. Ah, une dernière chose, avant de vous quitter : mon frère a beau se croire le meilleur des hommes, ne lui faites pas confiance. Il ne vous aimera jamais. Parce que les hommes de notre famille sont incapables d'éprouver ce genre de sentiment.

Sur ces paroles, il s'éloigna, traversa le grand hall et sortit, laissant Camilla en proie à un tumulte d'émotions indescriptible.

Diego ne lui avait rien appris de nouveau. Et pourtant, il avait atteint son but. À présent, elle allait franchir le seuil sur des jambes tremblantes. Il avait semé le doute en elle alors qu'avant son apparition, elle s'apprêtait à célébrer ce mariage de convenance, en toute conscience.

Soudain, les paroles du frère de Matías tournaient en boucle dans son esprit. La réalité prenait un aspect dur et menaçant. Impossible de croire au conte de fées, désormais. Elle ne pouvait se raccrocher à aucun espoir, aucune illusion.

Camilla redressa les épaules et se dirigea vers la double porte restée ouverte.

Quand elle pénétra dans la petite chapelle, tous les invités se levèrent, les yeux braqués sur elle. Le cœur battant la chamade, elle aperçut Matías debout au bout de l'allée, sombre, magnifique, déterminé. Et confiant.

Si semblable à son frère, et pourtant si différent.

Mais rien de tout cela n'avait d'importance, décida-t-elle. Parce que ce mariage était la seule option possible.

Aussi Camilla s'avança-t-elle résolument vers son fiancé, convaincue d'avoir fait le bon choix.

13.

Matías avait reçu un choc en apercevant Diego et Liliana parmi les invités. Son cher frère cherchait à le déstabiliser, et non à lui faire honneur.

Durant toute la réception, Matías avait fait en sorte de garder Diego à distance de Camilla, et ce jusqu'à son départ avec Liliana.

Cependant, il savait bien que si son frère avait voulu approcher la mariée il y serait parvenu. Mais il n'en avait rien fait, ce qui ne rassurait pas pour autant Matías sur ses motivations.

Quant à Liliana, elle était belle mais pâle. Elle paraissait même épuisée. Comme souvent, elle ne portait aucun maquillage et ses boucles blondes ondulaient librement sur ses épaules, sa robe couleur lavande soulignant sa grâce et ses douces courbes féminines.

Diego ne la quittait pas d'un centimètre, dardant fréquemment son regard aiguisé sur elle. Cette attitude surprit Matías. Il se serait plutôt imaginé que son frère se soucierait comme d'une guigne de celle qu'il avait épousée dans le seul but de remporter la victoire du jeu stupide imposé par leur grand-père.

Non, Diego n'était pas mû uniquement par l'appât du gain. Une chose intense et sombre l'habitait, dit-il à Camilla lorsqu'il se retrouva seul avec elle dans l'appartement de Barcelone où ils allaient passer leur nuit de noces.

— Elle l'aime, répliqua doucement Camilla.

— Qu'est-ce que tu racontes ? Tu ne crois pas qu'elle a eu le temps de comprendre à qui elle avait affaire ? Qu'elle ne sait pas quel genre d'homme est Diego, à présent ?

— Je crois, hélas, qu'elle le sait depuis le début. Je… J'ai échangé quelques mots avec Diego avant notre mariage…

— Et tu m'en aurais parlé, si je n'avais pas abordé le sujet ? demanda Matías, suffoqué.

— Peut-être pas. Cette conversation m'a rendue nerveuse. Il cherchait à m'intimider, de toute évidence. À m'effrayer, voire à me faire fuir. Mais il ne me connaît pas, sinon, il aurait su qu'il perdait son temps.

— Je suis presque désolé pour lui… Que t'a-t-il raconté ?

— Il a confirmé qu'il avait bien enlevé Liliana et qu'ils étaient mariés. D'après lui, elle s'est vite laissé convaincre de l'épouser. J'imagine qu'il lui a fait du chantage. Mais… j'ai vu la façon dont elle le regardait. Je l'ai observée. Je ne pense pas qu'elle désire qu'on lui vienne en aide, pourtant je doute qu'elle soit heureuse.

— Comment pourrait-elle l'être avec un sociopathe ? Comment pourrait-elle l'aimer ?

— L'amour est un mystère, répliqua Camilla, un peu sèchement. Et puis, qu'est-ce que ça peut te faire, au fond ? Tu te soucies vraiment de son bonheur, ou tu regrettes de ne pas l'avoir épousée ?

Furieux, Matías la prit par les épaules et lui appuya le dos contre le mur.

— Je me fiche complètement de Liliana, mais pas de sa sécurité. Je ne veux pas que mon frère la retienne contre son gré, mais vu qu'elle n'a pas cherché à fuir et l'a épousé, cela ne semble pas être le cas.

Il s'interrompit un instant et la regarda en plissant les yeux.

— Ce n'est pas elle que je désire mais toi. Serais-tu jalouse ?

— Oui, je le suis, dit-elle, les joues roses.

Matías recula d'un pas et la contempla. Sa femme. Elle était à lui. Légalement.

Soudain, il désira plus que tout qu'elle le reste. Il voulut faire comme Diego. L'enlever, la retenir captive. La faire sienne, dans tous les sens du terme. Brusquement, il ne lui semblait plus aussi important d'être juste, d'être bon.

Il la voulait à lui, cela seul importait.

Si peu de chose le séparait de son frère, au fond. Si peu de chose séparait celui-ci de leur père. Et leur père de son propre père, leur grand-père.

Cela faisait partie de son ADN, qu'il le veuille ou non.

— C'est *toi* que j'ai épousée, Camilla.

— Oui, riposta-t-elle en redressant le menton. Mais il n'en reste pas moins que si Liliana avait été libre c'est *elle* que tu aurais épousée.

— Pourquoi cette attitude belliqueuse ? demanda-t-il en se rapprochant d'elle.

Il lui enlaça la taille.

— Je connais des façons beaucoup plus agréables de passer le temps.

Le désir rugissait en lui. Cependant, il ne s'agissait pas seulement de sexe. La force qui avait pris possession de Matías lui était complètement étrangère. Elle le submergeait, sauvage, indomptable. S'il y cédait, ce torrent fou les emporterait tous les deux, Camilla et lui. S'il résistait, il n'y survivrait pas.

Tout contrôle lui échappait désormais. Ce contrôle dont il était si fier, qui faisait de lui un homme bon. Meilleur que son frère, que son père. Il n'était plus sûr de rien. Cependant, le désir farouche qu'il éprouvait pour Camilla, sa femme, était bien réel.

Ils avaient célébré leur mariage en grand comité, devant tout le personnel, tous les villageois, et devant son grand-père. Mais dans l'intimité de cet appartement de Barcelone, ils redevenaient simplement Camilla et

Matías. Comme la première fois. Le monde extérieur avait cessé d'exister.

Et quels que soient les raisons de ce mariage et l'avenir qui les attendait, Camilla lui appartenait durant leur nuit de noces. À lui et à lui seul.

Incapable d'attendre plus longtemps, Matías saisit le bustier et le déchira.

— C'était une belle robe, protesta Camilla.

Sans pour autant tenter de s'écarter de lui. Elle ne paraissait pas non plus vraiment scandalisée.

Ses yeux luisaient de désir. Elle brûlait du même feu que lui. Cette certitude ne fit que déchaîner la force qui le possédait.

— Oui. Elle était très jolie, cette robe. Mais ton corps est bien plus beau. Et tout ce qui le dissimule… doit disparaître.

Matías referma les mains sur le soutien-gorge de dentelle et le déchira à son tour, dénudant les seins superbes aux mamelons dressés. Puis il pencha la tête et prit l'un des bourgeons épanouis entre ses lèvres et le suça goulûment. Le brasier qui le consumait devint plus vif encore, plus intense. Camilla était vraiment sa femme, à présent. Ils étaient désormais liés par un serment sacré.

Chassant ces pensées, il empoigna la robe et tira d'un coup sec, la déchirant jusqu'à l'ourlet. D'un geste impatient, il débarrassa le corps magnifique du dernier rempart qui le protégeait et la minuscule culotte de dentelle rejoignit la robe gisant autour des pieds de Camilla.

Matías laissa descendre lentement son regard sur les courbes parfaites, le ventre plat et ferme, les hanches rondes, les cuisses galbées.

Elle était belle. Une véritable œuvre d'art. Et elle lui appartenait. Tout entière.

De son côté, il portait encore son costume de marié, et cela lui plaisait d'être tout habillé face à elle, entièrement nue. Cela lui donnait un semblant de contrôle. Il était si avide de la prendre, d'user de son pouvoir. Il lui fallait à tout prix apaiser ce désir qui le ravageait, aussi intense que douloureux.

— Tu es à moi, dit-il, d'une voix si rauque qu'il la reconnut à peine. Tu es à moi et à moi seul. C'est clair ?

— Oui, chuchota-t-elle.

Cette fois, il l'avait apprivoisée, domptée. Pour le moment, du moins.

— Et si mon frère tentait de t'enlever, je le pourchasserais jusqu'au bout du monde. Tu m'as bien compris ?

Il lui souleva le menton et riva son regard au sien.

— Je ne le laisserais pas poser la main sur toi, tu m'entends ? Et s'il s'y aventurait, il perdrait cette main avant de perdre tout ce à quoi il tient. *Tout.*

Sentant Camilla frissonner dans ses bras, il se demanda s'il était allé trop loin. Puis il décida que cela n'avait pas d'importance.

Il était possessif ? Sauvage ? Pas de problème. Et si au fond il ne valait pas mieux que les autres mâles de la famille, autant l'accepter plutôt que de résister à ses vrais penchants.

Soudain, Matías comprit la nature de la rage qui courait dans les veines de Diego, la violence de son père. Parce qu'il ressentait maintenant la même chose. Il ne s'agissait pas de colère. C'était différent. Immense. Brûlant. Une force inconnue le consumait, corps et âme, et face à elle, il se sentait complètement impuissant.

Il allongea Camilla sur son lit, lui écarta les jambes, s'agenouilla devant elle et contempla le sexe offert.

— Tu es si belle, dit-il en caressant le clitoris gonflé. Et tout à moi.

— Je ne vois pas ce que j'ai fait pour mériter un tel accès de possessivité, murmura-t-elle entre deux halètements. Ce n'est pas moi qui devais épouser quelqu'un d'autre…

— Il ne s'agit pas de mériter quoi que ce soit mais

de vivre ce qui s'offre à nous, là, maintenant. Je vais te prendre, te posséder tout entière, ma belle épouse.

— Mais dis-moi, si Liliana apparaissait tout à coup et t'annonçait qu'elle souhaite quitter Diego, comment réagirais-tu ?

— Et toi ? Que ferais-tu ? demanda Matías en guise de réponse.

— Je me battrais pour te garder, affirma Camilla, les yeux étincelants. Parce que je me bats pour garder ou récupérer ce qui m'appartient. Même si pour y arriver je dois me couper les cheveux et changer d'identité. Tu n'es pas le seul à être possessif, Matías.

Si ces paroles avaient été prononcées par une autre, il se serait sans doute senti offensé d'être comparé à du bétail. Mais il s'agissait de Camilla. Et connaissant la passion avec laquelle elle s'occupait de ses chevaux, il était au contraire flatté.

— Tu es la seule femme qui m'importe. La seule que je désire.

Il rapprocha son visage du clitoris excité et le caressa des lèvres, des doigts, jusqu'à ce qu'elle le supplie de la faire jouir. Un instant plus tard, elle s'envolait dans l'extase en creusant les reins.

Après s'être redressé, il se déshabilla à la hâte et s'installa entre les cuisses de Camilla.

Ce soir, pas question de se laisser chevaucher par sa belle amazone. Ce soir, il serait son seigneur et maître.

Lui glissant les mains sous les hanches, il les souleva légèrement pour mieux la pénétrer lorsqu'il se rendit compte qu'il avait oublié de mettre un préservatif. L'espace d'un instant, il fut tenté de passer outre. De continuer sans protection, sans aucun obstacle entre leurs deux sexes. De répandre sa semence en elle quand il céderait à la jouissance. Sans se soucier des conséquences.

Mais il se ressaisit à temps. Il ne ferait pas cela à Camilla. Elle tenait trop à recouvrer sa liberté quand tout serait réglé. Ce fut cette pensée qui le retint, qui l'aida à se raccrocher au peu de lucidité qu'il lui restait.

— Je dois te protéger, dit-il en se retirant. Excuse-moi.

Il tendit le bras vers la table de chevet, prit un préservatif et l'enfila à la hâte avant de s'enfoncer de nouveau en elle.

Fugacement, Matías se demanda s'il s'était excusé de l'avoir pénétrée d'abord sans protection, ou de devoir mettre un préservatif. C'était plutôt la seconde hypothèse, car il aurait aimé sentir sa merveilleuse chaleur de femme l'envelopper, à même la peau.

Il serra les mâchoires, tâchant de garder le contrôle tandis qu'il accélérait le rythme de ses coups de reins. Puis il ferma les yeux et vit des gerbes d'étincelles exploser en même temps qu'il se perdait en elle.

Jamais il n'avait ressenti cela. Avec aucune femme. Camilla exerçait un double pouvoir sur lui : lui procurer du plaisir *et* de la souffrance. Faire l'amour avec elle le comblait, tout en éveillant en lui des désirs inconnus.

La jouissance fut presque violente. Trop intense. Elle l'emporta dans un tourbillon de volupté en même temps qu'elle lui déchirait la poitrine. Matías poussa une plainte rauque et appuya le front contre celui de Camilla, puis il l'embrassa avec passion, la suppliant de jouir avec lui. C'était la première fois qu'il ne l'attendait pas avant de renoncer à tout contrôle.

Au prix d'un effort surhumain, il donna un ultime coup de reins et elle se laissa enfin emporter par la marée en poussant un cri.

Quand elle redescendit sur terre, elle s'accrocha à ses épaules en sanglotant et en tremblant de tout son corps.

Ses larmes lui firent l'effet d'un coup de poing en pleine poitrine. Camilla ne pleurait pas. Elle était forte et superbe, sa déesse de la guerre. Qu'avait-il fait pour la faire sangloter ainsi, comme une enfant ? se demanda-t-il en prenant le beau visage éploré entre les mains.

— Que se passe-t-il, Camilla ? Je t'ai fait mal ?

— Non, répondit-elle en secouant la tête. Ce n'est pas cela.

— Pourquoi pleures-tu, alors ?

— Parce que…

Elle tremblait si fort, à présent, qu'il en fut presque effrayé.

— Parce que tu as réussi à me faire tomber amoureuse de toi, espèce de salaud !

Matías se redressa, abasourdi.

— Pardon ?

— Oui, je t'aime, Matías. Comme une folle !

14.

Elle venait de commettre une grave erreur, Camilla le savait. Mais elle ne pouvait plus mentir à Matías. Leur relation avait débuté par un mensonge et elle ne voulait pas que cela recommence. Peu de temps auparavant, il l'avait interrogée sur ses rêves, ses désirs secrets. Eh bien, il connaissait la vérité, à présent. Elle le désirait, lui. Pour toujours. Quel que soit le prix à payer.

— Je t'aime, répéta-t-elle. Ce n'était pas du tout mon intention. Je ne désirais qu'une chose : me rapprocher de mes chevaux. Mais tout a changé, parce que je suis tombée amoureuse de toi.

— C'est impossible, Camilla, dit-il d'une voix dure. Tu ne peux pas m'aimer.

— Je n'ai pas besoin de ton autorisation pour cela. Je n'en veux pas. C'est… arrivé, je n'y peux rien.

Et je ne le regrette pas, ajouta Camilla en son for intérieur.

Le sentiment qu'elle ressentait pour lui était absolu, d'une intensité qui dépassait tout ce qu'elle avait pu éprouver jusqu'à présent. Elle avait aimé son père. Les chevaux, le haras. Elle avait été heureuse, là-bas. Mais jamais elle n'avait été aussi… emplie d'amour. Elle le sentait déborder de son cœur.

Pour Matías, elle était prête à tout risquer. À vaincre tous les obstacles, quitte à devoir affronter les fantômes de leurs passés respectifs. Elle refusait de devenir comme son père, de vivre à moitié. Il avait trouvé la consolation auprès de ses chevaux, mais tout à coup, Camilla se demandait si Cesar Alvarez avait jamais tenté de garder sa femme ou s'il l'avait simplement laissée partir. S'était-il contenté de se dire que l'amour n'était pas pour lui ?

— Je t'aime, insista-t-elle. Je ne savais pas que je désirais davantage que ma vie au haras, pourtant c'est le cas. Tu m'as demandé quels étaient mes désirs secrets, mes rêves. Eh bien, c'est toi que je veux, Matías.

— Ne sois pas ridicule !

Un éclat farouche incendiait son regard, mélange de désespoir et de rage.

— Tu aurais pu connaître le bonheur, si tu ne t'étais pas mis en tête de m'inclure dans ta vie, ajouta-t-il.

— Pourquoi ne pourrions-nous pas rester ensemble ? Tu allais te marier, de toute façon. Tu aurais vécu avec Liliana. Alors, pourquoi pas avec moi ?

— Parce que j'ai vu où cela mène, explosa-t-il. À la tragédie, au désespoir. Ne compte pas sur moi pour participer à ce genre de carnage.

— Et avec Liliana ? Pourquoi n'avais-tu pas ces craintes ?

— Parce que je…

Il s'interrompit, l'air lugubre.

— Parce que tu n'éprouvais rien pour elle. Tandis que tu ressens *quelque chose* pour moi. Reconnais-le. Je ne te suis pas indifférente, Matías. Je compte pour toi. Et même si ce n'est pas de l'amour, ça pourrait le devenir un jour.

— Tu te trompes. Il ne s'agit pas d'amour, simplement d'une perte de contrôle, qui doit rester passagère. Avec Liliana, je n'avais rien à craindre parce qu'elle ne me provoquait pas. Elle ne… m'atteignait pas. Mais toi, tu me fais ressentir tellement de choses que j'en arrive à comprendre mon père.

— Tu penses sincèrement que tu pourrais me faire du mal ? Tu ne m'as jamais menacée. Pas une seule fois. Tu n'as jamais rien fait qui puisse donner à penser que tu pourrais avoir hérité des tendances de ton père. Alors, je refuse de croire que c'est la raison de ton refus de rester avec moi.

— Entre l'amour et la haine, la frontière est très mince. Comme entre la passion et la destruction. Je ne m'en étais jamais vraiment rendu compte avant ce soir. Pourtant, je suis incapable de me contrôler avec toi. Je n'ai qu'une envie : aller trouver Diego pour lui régler son compte. Pas parce qu'il est venu aujourd'hui avec Liliana, mais parce qu'il t'a approchée, que vous avez été seuls, lui et toi… Je ne me reconnais plus quand je suis avec toi, Camilla. Et si je ne peux plus me contrôler… je crains de devenir un individu que ni toi ni moi ne souhaitons connaître.

— Tu as peur de me détruire ?

— Je sais que c'est possible.

— Tu te trompes, répliqua Camilla avec force en redressant le menton.

— Tu me défies parce que tu ne sais pas de quoi tu parles. On peut détruire quelqu'un sans s'attaquer à lui physiquement. On peut le briser de bien d'autres façons, crois-moi. J'en ai été le témoin, Camilla. Mon père a tué ma mère ce jour-là, mais il l'avait brisée bien avant. En lui refusant ce qu'elle désirait plus que tout au monde. Son amour. C'est l'arme qu'il a utilisée pour tenter de nous briser tous l'un après l'autre.

Il s'interrompit et laissa échapper un long soupir.

— Quand tu grandis dans un tel environnement, tu as le choix entre deux options. Ou tu décides que tu n'as pas besoin d'amour, ou tu meurs du manque d'amour. J'ai appris à vivre sans, et je ne peux pas te demander de faire la même chose.

— Tu crois que cela me tuerait ?

— Pas physiquement, répéta-t-il.

— Tu crois que tu me rendrais malheureuse au point de me détruire ?

— Je le sais, trancha-t-il, implacable.

— Il faudra plusieurs mois avant que tout soit réglé, Matías. Ce qui nous laisse le temps de voir si cela fonctionne entre nous. Tout est encore possible.

— Non.

— Si, car je t'aime. Rassure-toi, je ne te demande rien en retour, seulement d'essayer. Essayons, tous les deux. Nous pouvons faire mieux, toi et moi. Mieux que ce que nous avons vécu, vu autour de nous. Je ne suis pas ma mère, mais je ne suis pas non plus mon père. Je ne laisserai pas l'homme que j'aime me quitter sans me battre. Tu as raison, je ne suis pas Liliana. Je lutterai de toutes mes forces pour te garder. C'est peut-être ça qui t'effraie. Liliana t'aurait laissé tranquille, elle ne t'aurait jamais demandé de l'aimer. En ce qui me concerne, je mettrai tout en œuvre pour que cela arrive. Il est trop tôt aujourd'hui, mais un jour, je gagnerai ce combat, Matías.

— Non. Tout est terminé.

— C'est impossible, tu le sais. Parce que cela signifierait que Diego obtiendrait une part de ton entreprise. Et tu devrais renoncer complètement au haras.

— Tout est terminé, répéta-t-il.

Sidérée, Camilla le regarda prendre son téléphone et appuyer sur plusieurs touches.

— Bonsoir, grand-père, dit-il, d'un ton presque détaché. Je t'appelle pour t'annoncer la fin de mon mariage. Camilla et moi allons demander l'annulation au motif que je lui ai menti. Je lui ai laissé croire que notre relation était réelle alors que c'est faux. Cela n'a jamais été le cas.

Tout en prononçant ces paroles, il soutenait son regard. Le sien était horriblement terne. Vide.

Son but était de lui faire mal, comprit Camilla. Il voulait l'inciter à le quitter. Mais le fait de le savoir n'atténuait en rien sa souffrance.

— Oui, je suis conscient de ce que cela implique, dit-il. Je sais que je renonce à tout au profit de Diego. Je ne demande qu'une chose : les chevaux que j'ai achetés à Cesar Alvarez. Ils sont désormais la propriété du haras Navarro, mais je désire les rendre à Camilla pour la dédommager. De mon côté, je retournerai à mes affaires, et Diego gérera le patrimoine familial.

Il y eut un silence, puis Matías hocha la tête.

— Très bien. Nous sommes d'accord.

Sur ces mots, il mit fin à l'appel.

— Les chevaux sont à toi, dit-il d'un ton neutre. Le haras reviendra à Diego.

— Non, protesta-t-elle, horrifiée.

Il préférait renoncer à tout plutôt que d'être avec elle. Il acceptait la solution extrême pour se débarrasser d'elle. Pour la fuir.

— Je n'ai jamais voulu te faire de mal, Camilla. Je pensais avoir été très clair sur ce qui se passerait entre nous. Mais de toute évidence, je ne l'avais pas été suffisamment. Nous ne formerons pas un couple, même de façon temporaire. C'est impossible. Je te restituerai le haras Alvarez. Tu récupéreras tous tes biens. Et ensuite, nous reprendrons chacun notre vie, comme si rien ne s'était passé. Comme si nous ne nous étions jamais rencontrés.

Après s'être détourné, il commença à se rhabiller en se dirigeant vers la porte. Camilla le regardait faire, pétrifiée.

— C'est fini ? Tu t'en vas ? Ce soir ?

— Oui. Je vais régler quelques détails dès maintenant. À commencer par la restitution de tes biens. Tu n'auras pas à me revoir.

— Et si je le désire ?

Tout amour-propre l'avait quittée. Elle n'en était plus là.

— Peu importent tes désirs. Je sais ce que j'ai à faire.

Quelques instants plus tard, Matías sortait de l'appartement. Et de sa vie.

*
* *

De l'appartement où il avait laissé Camilla, Matías s'était rendu directement à l'aéroport et avait pris le premier avion pour Londres.

Là, il s'était immergé dans le travail, alors que sa présence n'était pas du tout requise au bureau. S'il s'abrutissait à la tâche jour après jour et restait à Londres, c'était pour mettre le plus de distance possible entre Camilla et lui.

Jamais il n'avait désiré qu'elle s'attache à lui. Il n'avait rien fait pour. À vrai dire, il avait même pensé qu'elle serait bien la dernière à tomber amoureuse de lui.

Ces mots résonnèrent lugubrement dans son esprit. Ceux qu'elle avait prononcés après la jouissance. Dans un sanglot.

Combien de femmes lui avaient-elles dit qu'elles l'aimaient ? Des dizaines. Mais jamais de cette façon.

Quand il les repoussait, elles faisaient la moue, battaient des cils d'un air boudeur. Elles étaient déçues, vexées. Mais jamais blessées.

Camilla l'était. Elle souffrait, sans même chercher à le dissimuler.

Elle l'aimait. Vraiment. Elle était même probablement le seul être à l'avoir jamais aimé. Et il l'avait repoussée.

Parce qu'il n'avait pas eu le choix. S'il l'avait gardée, il aurait fini par la briser, c'était inévitable. Comme il l'avait pressenti en se rendant compte qu'il… comprenait son père. Son frère. Qu'il possédait la même noirceur, la même violence incontrôlable qu'il avait toujours méprisées chez eux.

Le contrôle était la seule garantie de rester dans le droit chemin. Il suffisait de le perdre pour que tout s'effondre. Or l'amour était… une force indomptable. Un ouragan dévastant tout sur son passage.

Matías contourna son bureau pour se diriger vers le minibar où il prit une bouteille de whisky. Après s'en être versé une bonne rasade, il l'avala d'un trait.

L'amour était synonyme de souffrance. Rien d'autre.

Il n'avait jamais souhaité revivre un tel calvaire.

Secouant la tête, il regarda l'espace immaculé au style ultra-contemporain. Diego finirait peut-être par acquérir une petite part de sa société, mais Matías ne déléguerait jamais aucun contrôle à son frère.

Il repensa aux pensées qui l'avaient traversé avant de pénétrer Camilla pour la dernière fois. À un moment, il aurait été prêt à tout lui donner.

Un son étrange franchit ses lèvres. Mi-soupir mi-plainte. Il n'arrivait pas encore à croire qu'il avait rompu avec elle de façon définitive. Qu'il avait annoncé la nouvelle à son grand-père et lui avait fait part de son renoncement à l'héritage.

Entendant la ligne interne sonner, il alla décrocher le combiné.

— Quelqu'un désire vous voir, monsieur Navarro, dit Penelope, son assistante.

À une heure aussi tardive, elle était rentrée chez elle, naturellement, mais si quelqu'un se présentait à l'entrée des locaux de la société, un dispositif spécial l'en avertissait, même en dehors des horaires de bureau, si bien qu'elle pouvait en contrôler l'accès depuis son ordinateur.

— Qui est-ce ?

— Il s'est présenté comme votre frère.

Matías laissa échapper un juron. Bien sûr. Il aurait dû se douter qu'il ne pourrait pas éviter longtemps ce serpent. Sachant qu'il avait remporté la victoire, Diego jubilait et désirait s'en glorifier devant le vaincu.

— Merci, Penelope. Laissez-le entrer.

S'éloignant à nouveau de son bureau, il retourna vers le bar et souleva la bouteille de whisky. Lorsque Diego entra, il l'attendait, le sourire aux lèvres et deux verres à la main.

— Si tu souris et que tu m'offres à boire, c'est que tu m'as concocté un petit mélange mortel.

Il sortit une flasque de sa poche.

— Merci. J'ai des munitions.

Son frère souriait lui aussi, mais Matías perçut une sorte de faille dans l'attitude provocatrice à laquelle il était habitué.

— Quel mauvais vent t'amène ?

— J'ai appris que tu avais déclaré forfait à notre petit jeu, répondit Diego.

— En effet. Parce que, pour moi, il ne s'agissait plus d'un jeu.

— Ah, je vois. Alors c'était encore un jeu quand je t'ai piqué Liliana sous ton nez, mais ça ne l'est plus maintenant. Très intéressant.

— Liliana a dit qu'elle désirait être avec toi, fit remarquer Matías. Je n'allais tout de même pas voler au secours d'une femme qui ne voulait pas être sauvée.

— Oui, elle t'a dit cela, parce que je la faisais chanter. Son père n'est pas le citoyen au-dessus de tout soupçon qu'il prétend être, et Liliana a été choquée d'apprendre que la réputation de sa famille était en péril. Une vraie tragédie.

— Mais pas pour toi, manifestement.

— Non, admit Diego. Je n'ai jamais pu résister au désir de tirer parti des tragédies dont j'avais connaissance. De celle-ci comme des autres. Cependant, je crois qu'il est temps d'en finir avec cette histoire d'héritage.

— Je suis d'accord avec toi. Tu as gagné.

— Non, *grand-père* a gagné, corrigea son frère. Ou du moins, il gagnera si nous le laissons faire.

Diego se frotta le menton avant de porter la flasque à ses lèvres.

— Puisque tu as rendu les armes et révélé que ton mariage était une comédie, eh bien, j'ai décidé de faire de même.

Matías dévisagea son frère avec incrédulité.

— Pourquoi ?

— Sans doute pour les mêmes raisons que toi. Le contrôle du jeu t'a échappé, n'est-ce pas ?

— Il *t'a* échappé aussi ? repartit Matías, suffoqué.

— Liliana Hart était censée n'être qu'une créature douce et inoffensive. J'avais eu l'occasion de l'observer durant les années où je faisais des affaires avec son père. Protégée. Docile. Elle était d'une telle innocence, Matías. Tu ne peux pas t'imaginer. Enfin, c'est ce que je croyais.

Matías n'arrivait pas à en croire ses oreilles. Il avait toujours été convaincu que son frère n'avait pas de cœur, mais il semblait bien qu'il soit… tombé amoureux. De toute évidence, Diego le supportait mal.

C'était si étrange d'imaginer qu'une femme aussi douce, aussi fragile, puisse attirer Diego. Mais bon, dans un monde en proie au chaos, ce n'était peut-être pas si improbable que cela…

Lui-même n'avait-il pas vu son existence bouleversée par sa rencontre avec Camilla ?

— Alors, nous nous retirons du jeu tous les deux ? demanda Matías. C'est ça que tu proposes ?

— Oui. J'ai déjà appelé grand-père pour lui annoncer que Liliana demandait le divorce.

— Elle t'a quitté ?

— Je l'ai mise dans un avion pour les États-Unis.

— Nous sommes dans la même situation, alors. De mon côté, j'ai renvoyé Camilla chez elle, au haras Alvarez, et je viens de signer les documents lui restituant la propriété de tous ses biens.

Diego éclata d'un rire sans joie, puis tendit la main vers l'un des deux verres. Il en avala le contenu cul sec.

— Tu ne crains plus qu'il soit empoisonné ?

— Au point où j'en suis, je prends le risque !

Matías porta son propre verre à ses lèvres.

— Tu as peut-être raison.

— J'ai toujours trouvé si simple de prendre ce que je

convoitais, dit Diego, l'air soudain désarçonné. Pourquoi cela a-t-il été différent avec elle ?

— Ma réponse ne va pas te plaire.

— Non, probablement pas.

— L'amour.

Dès qu'il eut prononcé ce mot, Matías sut qu'il avait raison. Peut-être pas à propos de Diego, mais de lui-même.

Il aimait Camilla. Et le vrai problème, ce n'était pas qu'il ait peur de la détruire, mais l'inverse. Il redoutait d'être anéanti par elle. Complètement.

— J'ai déjà essayé, répliqua Diego. J'aurais mieux fait de m'abstenir.

Son frère faisait allusion à sa première femme, comprit Matías.

— Cela s'est mal terminé, dit-il.

— Oui, reconnut Diego. Mais pas de la façon dont tu le crois.

— Je n'ai jamais cru aux rumeurs. Tu n'es pas un assassin.

Ils se dévisagèrent en silence. Ils n'avaient jamais été proches l'un de l'autre. À cause de l'environnement dans lequel ils avaient grandi. Une barrière s'était toujours dressée entre eux, érigée d'abord par leur père, puis par leur grand-père.

Soudain, Matías eut envie d'arranger les choses, de se réconcilier avec son frère aîné. Au fond, tous deux n'étaient pas si différents l'un de l'autre, même s'ils avaient toujours pensé le contraire.

— Je sais que notre père a tué notre mère, dit Diego.

— Non ! s'exclama Matías, interloqué. Pourquoi ne l'avoir jamais dit ?

— Je ne sais pas parler de ce genre de choses. Et puis, il… m'avait menacé. J'étais trop jeune, trop craintif, pour m'opposer à lui. Je suis un lâche, Matías, et je dois vivre avec cela.

— Tu étais un enfant, pas un lâche.

— Je sais que… que je suis détraqué, fichu, poursuivit Diego en ignorant ses paroles. Comme lui.

— Non, dit Matías avec force. C'est faux. Notre père l'était. Grand-père l'est. Mais nous, nous pouvons être différents.

— Vraiment ?

— Est-ce que Liliana t'aime ?

— Je ne crois pas, répondit Diego en secouant la tête.

Il mentait, c'était évident. À lui-même ou à lui, Matías.

— Camilla m'a dit qu'elle m'aimait. Et j'ai le sentiment que… si elle peut m'aimer, c'est que je ne suis peut-être pas détruit.

— Le problème, répliqua Diego d'une voix sourde, c'est de ne pas les détruire.

— Oui, c'est vrai. Mais je me demande si… l'amour… Si ce n'est pas cela, la différence.

— Une chose est sûre : notre père et notre grand-père n'ont jamais aimé ! s'exclama son frère en riant. Mais j'ai bien d'autres tares, hélas.

— Personne ne nous a jamais appris à aimer, Diego. Nous avons eu pour modèles des êtres impitoyables, cruels et égoïstes.

— Tu n'as pas suivi leur exemple, Matías. Au contraire, tu as tout fait pour ne pas leur ressembler.

— Mais je ne me suis pas aventuré à aimer, fit remarquer Matías. Alors peut-être que je ne suis pas si différent…

— Il est trop tard, tu crois ?

Il repensa aux paroles de Camilla. Elle avait affirmé vouloir se battre pour lui.

— Il n'est jamais trop tard, Diego. Je *dois* le croire. N'abandonne pas non plus. Ne laisse pas l'amour t'échapper, par orgueil ou raison. C'est un sentiment unique qui mérite qu'on dépasse ses peurs.

— Depuis quand es-tu devenu un spécialiste en la matière ?

— Je ne le suis pas. Mais je connais bien la perte, la

colère. Je n'y ai pas trouvé la paix. Quant à l'amour, c'est là que ça se passe…

Il se posa la main sur la poitrine, à la place du cœur.

— C'est là que naît cette sensation inconnue. Cette sensation dont j'ignorais tout mais qui s'est emparée de moi, corps et âme. Je… J'aurais été prêt à renoncer à tout pour Camilla. Nous avons été des imbéciles, Diego. Si nous sommes capables de tout donner pour elles, c'est que nous sommes bel et bien différents de notre père…

— Alors, notre cas n'est peut-être pas désespéré…, conclut Diego.

Matías acquiesça d'un hochement de tête, tandis que l'espoir renaissait en lui.

Il s'était trompé : il ne détruirait pas Camilla, mais la perdre l'anéantirait. Prendre le risque de l'aimer, c'était prendre le risque de souffrir, comme à la mort de sa mère. Pourtant, renoncer était désormais inenvisageable.

Il ne pouvait vivre sans sa merveilleuse épouse, et se battrait pour elle.

15.

Camilla franchit le seuil de la maison et s'immobilisa en offrant son visage au soleil.

Depuis son départ forcé du haras Alvarez, elle n'avait rêvé que du moment où elle y reviendrait enfin. Et maintenant que son rêve s'était réalisé, qu'elle avait récupéré ses précieux chevaux – et même Fuego –, elle ne ressentait pas le bonheur escompté.

Elle était heureuse d'être rentrée, bien sûr. De sentir les pavés inégaux sous ses pieds nus, de galoper librement à travers les oliveraies. Mais la pierre ne lui semblait pas aussi chaude ni aussi accueillante qu'autrefois. Dans sa chère maison familiale, Camilla ne se sentait plus chez elle.

Parce que son cœur n'y était pas. Il s'en était allé avec Matías. Elle s'était donnée à lui tout entière, corps et âme.

Avec lui, sa vie avait pris une autre dimension. Plus intense, plus profonde. Plus riche. Puis était venue la souffrance, aussi intense, aussi profonde. Elle colorait tout le reste. Même la joie d'avoir réussi à récupérer le haras, et Fuego.

Camilla en voulait à Matías de ne pas avoir gardé l'étalon. Parce que sans cet acte de générosité il lui aurait été plus facile de croire qu'il n'éprouvait rien pour elle. Qu'il avait agi uniquement par droiture, en accord avec les principes moraux qui régissaient son existence.

À présent, au fur et à mesure que les semaines se succédaient, elle commençait à voir les choses autrement.

À se demander si elle n'avait pas eu raison de croire qu'il la repoussait par peur. Qu'il avait préféré perdre sa part d'héritage plutôt que de tenter de faire fonctionner leur mariage.

Il avait renoncé au patrimoine Navarro pour la protéger. Cette pensée la faisait terriblement souffrir, parce que de son côté elle ne craignait rien de sa part. Sa seule peur, c'était au contraire la perspective de ne jamais le revoir.

Après être allée se chercher une pomme à la cuisine, Camilla ressortit de la maison et s'installa sur la terrasse. Même son fruit préféré avait perdu sa saveur… À cause de la tristesse abyssale qui l'habitait.

Elle se souvint de la dernière fois qu'ils avaient fait l'amour. Lorsque Matías l'avait pénétrée sans préservatif, avant de reprendre ses esprits.

C'était horriblement mesquin et égoïste, mais elle aurait préféré qu'il s'abstienne de la protéger. Ainsi, un bébé aurait peut-être été conçu lors de leur ultime étreinte. Elle aurait alors conservé un lien avec Matías. Et elle aurait eu un enfant pour lui tenir compagnie.

Camilla se leva de son banc en laissant échapper un profond soupir et se dirigea vers les écuries. Là, elle sentit son cœur faire un bond dans sa poitrine en apercevant un homme de haute taille, immobile à côté de l'entrée du bâtiment.

Matías. Portant un jean et une chemise en coton épais, la tête coiffée du chapeau qu'affectionnaient les cavaliers.

Elle n'était pas victime d'une hallucination. C'était bien lui. Aussi beau, aussi charismatique dans cette tenue de travail qu'en costume sur mesure.

— Qu'est-ce que tu fais ici ? demanda-t-elle, le cœur battant la chamade.

— Je cherche du travail. Alors, je suis venu voir si tu avais besoin de quelqu'un.

— Désolée. Je n'embauche pas d'hommes d'affaires. Ni de milliardaires.

— Pourquoi ?

Sa gorge se serra.

— Parce que, apparemment, je ne peux pas m'empêcher de tomber amoureuse d'eux.

Horrifiée de sentir les larmes lui monter aux yeux, Camilla se détourna. Pas question de faire à nouveau étalage de ses faiblesses.

— Ah…, répliqua-t-il après un silence. Je ne m'attendais pas à cette réponse.

Elle se raidit.

— Et à quel genre de réponse t'attendais-tu ?

— Je me disais que c'était peut-être dû au fait qu'eux ne pouvaient s'empêcher de tomber amoureux de toi.

Un instant désarçonnée, elle redressa les épaules pour se ressaisir.

— Je ne pense pas que ce soit le cas, déclara-t-elle d'un ton ferme.

Cette fois, elle ne lui permettrait pas de jouer avec elle. C'était terminé.

— Tu te trompes, Camilla. C'est bel et bien arrivé. Mais j'étais trop lâche pour l'admettre. Durant les semaines passées, j'ai… essayé de démêler tout cela. Et j'en suis venu à la conclusion que… je ne suis qu'un petit garçon qui se cache dans un arbre en espérant que les monstres du passé ne me trouveront pas.

Ces paroles l'atteignirent en plein cœur.

— Tu n'es pas un petit garçon, dit-elle en se retournant vers lui.

— Écoute-moi, Camilla. Mon univers s'est écroulé le jour où mon père a tué ma mère. Ce meurtre a brisé mon innocence et m'a hanté toute ma vie. Le désastreux premier mariage de Diego a achevé de me convaincre que je ne me marierais jamais. Que je ne pourrais jamais m'autoriser à perdre le contrôle de moi-même, de mes émotions. Puis tu es apparue dans ma vie. Toi, si forte, si différente de tout ce que je connaissais jusqu'alors. Tu représentes tout ce que j'avais pu espérer, sans le savoir. Tu es plus forte, plus courageuse que je ne le serai jamais.

— Ce n'est pas vrai.

— Si. Tu n'as jamais baissé les bras. Tu m'as dit que tu m'aimais, bien que je t'en aie dissuadée. Tu m'as ouvert ton cœur malgré les obstacles et nos passés respectifs. Tu as mis ton amour-propre et tes craintes de côté pour m'avouer tes sentiments. Tu es une femme extraordinaire, Camilla. Tu n'as peur de rien.

— Là, tu te trompes, Matías. Je ne t'ai pas déclaré mon amour par courage, mais parce que je n'avais pas le choix. Les mots sont sortis tout seuls, malgré ma peur d'être rejetée. Et comme je le craignais, tu m'as brisé le cœur.

— J'ai été ignoble avec toi, répliqua-t-il d'une voix grave. Tu ne le méritais pas.

— Tu avais peur, n'est-ce pas ? Pour moi ? *De* moi ?

— Les deux, reconnut-il. J'avais peur de ce que je pourrais te faire. Mais surtout, j'avais peur de ce que l'amour pourrait me faire si je me laissais aller à t'aimer. Je redoutais plus que tout de devenir comme mon père, si je renonçais à brider mes émotions, mes sentiments. J'ai refusé d'admettre que tu es plus importante que l'air que je respire… J'ai préféré renoncer à toi et à mon héritage plutôt que d'admettre la vérité. Mais il a suffi que je me retrouve seul pour comprendre…

— Pour comprendre quoi ? demanda Camilla, le cœur battant à tout rompre.

— Tu te souviens du jour où nous avons parlé de ta mère, et du fait qu'elle s'aimait plus qu'elle n'aimait ton père et tous ses amants réunis ?

— Oui.

— Mon père et mon grand-père n'ont jamais aimé leurs épouses ou leurs enfants. Ils ne nous ont jamais aimés, Diego et moi. Il leur a toujours manqué l'essentiel : un cœur. Or j'ai compris que l'amour c'est aimer l'autre plus que soi-même, privilégier son bonheur plutôt que le sien propre.

À ces mots, Camilla sentit une joie immense se déployer dans son cœur, rayonner dans sa poitrine, dans tout son être.

— Et ce sentiment, poursuivit Matías, c'est ce que je ressentais pour toi, tout en craignant de te faire du mal.

Il s'interrompit de nouveau un bref instant.

— Tu es parvenue à traverser toutes mes défenses, Camilla. À atteindre un endroit secret dont j'ignorais l'existence. Tu m'as fait désirer une chose que je croyais avoir perdue à tout jamais.

— Matías…

Franchissant le peu de distance qui les séparait, elle l'embrassa. Farouchement. Sauvagement.

— Je t'aime, Matías, chuchota-t-elle contre ses lèvres. Et je sais… Je sais que tu es un homme bon. Tu ne ressembles en rien à ton père ou à ton grand-père.

— Je l'espère bien. Parce que j'ai vraiment besoin que tu m'embauches.

— Ah ?

— Oui. On va voir comment ça se passe, mais Diego et moi avons renoncé à la course à l'héritage.

— Comment cela ?

— Il a annoncé lui aussi à notre grand-père que son mariage était terminé. Alors nous nous retrouvons tous les deux sans épouse et nous refusons de jouer à son petit jeu malsain.

— Pourquoi Diego a-t-il fait cela ?

Matías soupira.

— Pour la même raison que moi. Par amour.

— Il l'a dit à Liliana ?

— Pas au moment où j'ai parlé avec lui pour la dernière fois. Mais c'est la conversation que nous avons eue tous les deux qui m'a fait comprendre que je devais venir te voir. Et tenter ma chance.

— Je t'aime, répéta Camilla. Plus que moi-même.

— Moi aussi, ma chérie. Et je t'aimerai jusqu'à mon dernier souffle.

Cette fois, lorsqu'elle franchit le seuil de la maison dans les bras de Matías, Camilla se sentit vraiment chez elle. Parce qu'elle avait retrouvé son cœur. Et l'homme de sa vie.

Épilogue

Matías sortit sur le balcon et regarda sa femme sauter lestement à terre, avant de murmurer quelque chose à l'oreille de Fuego, qu'elle entraîna ensuite vers son box.

Même après plusieurs années de mariage, elle avait conservé toute sa fougue, toute son intrépidité, sa merveilleuse amazone. Il adorait la voir chevaucher, galoper à travers champs et oliveraies.

— Papa…

Il baissa les yeux et sourit à son fils qui s'accrochait à sa jambe.

— Oui, Cesar ? demanda Matías en se penchant pour le soulever dans ses bras.

— Elle revient bientôt, maman ?

— Oui. Elle va nous rejoindre pour le dîner. Tu sais qu'elle aime bien faire une balade à cheval en fin d'après-midi.

— Moi aussi.

En effet. Le petit garçon avait hérité la passion de sa mère, ainsi que ses grands yeux bruns.

Au cours du dîner pris sur la terrasse, Matías tint la minuscule Amelia sur ses genoux, tandis que Cesar submergeait Camilla de questions sur chacun des chevaux. C'était devenu leur routine quotidienne, une routine qu'il aimait davantage chaque jour.

Mais ce qu'il aimait plus encore, c'étaient les tête-à-tête avec sa femme une fois le dîner achevé et les enfants au lit. Ce soir-là, ils décidèrent de rester à l'extérieur, sur la terrasse, sous le regard bienveillant des étoiles.

S'asseyant à califourchon sur lui, Camilla lui passa les bras autour du cou et lui adressa l'un de ces sourires ensorcelants qui ravissaient Matías.

— Ce soir, je ferais bien l'amour en plein air… Pas toi, mon chéri ?

— Très bonne idée. D'autant plus que nous ne pourrons plus nous offrir ce genre de plaisir, lorsque Diego arrivera demain avec sa petite famille.

Après avoir décidé l'un après l'autre de sortir du jeu imposé par leur grand-père, ils s'étaient réconciliés, son frère et lui. Et en fait, leur aïeul s'était tellement amusé à les manipuler qu'il avait décidé de leur léguer tous ses biens à parts égales ! Ensuite, il avait continué à vivre au lieu de s'éteindre comme tout le monde s'y attendait.

— C'est bien pour cela que je veux en profiter au maximum, chuchota Camilla, tout contre ses lèvres.

Lorsqu'ils furent comblés tous les deux, Matías emporta sa femme vers leur chambre, prêt à s'endormir contre elle.

Lorsqu'il rêvait, dorénavant, Camilla était la seule à peupler ses songes.

Vous avez aimé *Passion au haras* ?
Découvrez la suite de votre série
« Innocentes passions » dès le mois prochain dans
votre collection Azur. Un roman signé Maisey Yates.

Retrouvez en octobre 2019,
dans votre collection

Azur

Le secret d'un mariage, de Louise Fuller - N°4136

ENFANT SECRET

Revoir Aristote Leonidas cause un choc à Teddie. Entre eux, en effet, il n'y a pas seulement un mariage raté, mais un petit garçon de trois ans dont Aristote ne soupçonne même pas l'existence. Hélas, lorsque ce tendre secret est révélé, Teddie doit faire face aux conséquences de son trop long silence. Et accepter de redevenir l'épouse de celui qu'elle a tout fait pour oublier – comme il l'exige !

Un contrat irrésistible, de Cathy Williams - N°4137

Il a bâti un empire, broyé ceux qui faisaient obstacle à son succès. Rien ne résiste à Luca Ross. Jusqu'à ce qu'il devienne le tuteur d'un enfant. Face au petit Jake, il se sent soudain... démuni. Alors, pour s'occuper de son héritier, il n'hésite pas à embaucher Ellie Edwards, la seule femme capable de faire sourire Jake ! Même si la jeune femme, guère impressionnée par son nouveau patron, lui témoigne une franche hostilité...

Maître de ses sentiments, de Natalie Anderson - N°4138

En franchissant les grilles de la Villa Rosetta, Grace retient son souffle. La propriété est un chef-d'œuvre d'élégance, un joyau. Prendre soin des rosiers du parc, en l'absence du propriétaire, ne sera pas une corvée pour elle, mais un réel plaisir... Alors qu'elle se fait ces réflexions, elle tombe nez à nez avec le plus bel homme que la Terre ait jamais porté, mais qui, sans ménagement, l'accuse d'être une intruse. Aussitôt, Grace comprend qu'il s'agit du sulfureux Rafael Vitale. Le maître des lieux.

Une nuit avec Ethan Devereux, de Carol Marinelli - N°4139

Revers de sa fortune colossale, Ethan Devereux est poursuivi par les paparazzis. Alors, quand la jolie Merida lui révèle être enceinte, suite à la nuit époustouflante qu'ils ont passée ensemble, il décide de prévenir tout scandale… en épousant la jeune femme. Une idée folle et excitante à la fois. Car si Merida semble choquée qu'il lui propose un mariage de convenance, lui est sûr de la convaincre du bien-fondé de leur union, une fois que les portes de leur chambre nuptiale seront closes…

La danseuse et l'homme d'affaires, de Bella Frances - N°4140

La danse est pour Ruby bien plus qu'une passion : c'est sa vie. Depuis ses onze ans où elle a intégré le British Ballet, l'institution est son foyer, sa famille, le seul endroit où elle se sent à l'aise. Alors aujourd'hui qu'elle doit convaincre Matteo Rossini d'être le mécène de la compagnie pour la sauver, elle est au comble de l'angoisse. Elle n'a pas le droit à l'erreur, face à l'homme d'affaires – redoutable et si sexy à la fois…

Une candidate trop parfaite, de Michelle Smart - N°4141

D'accord, Dante aime les femmes. Ce n'est pas un crime. Hélas, ses partenaires en affaires ne partagent pas cet avis, et lui prêtent une réputation scandaleuse. Aussi, pour mener à bien un gros contrat, lui faut-il d'urgence trouver une fiancée qui fera de lui un homme respectable… Alors qu'il se fait ces réflexions, se présente à lui la belle Aislin. Une jeune femme qui le déteste et représente pour cette raison même, la candidate idéale. Dénuée de tout sentiment, une union de convenance n'est-elle pas la clé du succès ?

Dans les bras d'un souverain, de Susan Stephens - N°4142

LES PRINCES DU DÉSERT

Alors qu'elle travaille sur un luxueux yacht, Millie retrouve le cheikh Khalid, dont elle est tombée éperdument amoureuse, huit ans plus tôt…. Impossible pour elle d'ignorer le désir qui l'envahit, dès qu'il la regarde. Contre toute raison, elle succombe au plaisir, entre les bras du puissant souverain. S'ils ne sont pas du même monde et n'ont aucun avenir ensemble, les émotions qui les rapprochent sont bien réelles. Et les conséquences de leur folle liaison, bien davantage encore…

Une mariée en héritage, de Maisey Yates - N°4143

SÉRIE : *INNOCENTES PASSIONS* - 2/2

Pour toucher son héritage, Diego Navarro n'hésite pas à enlever la fiancée de son frère ! N'est-il pas réputé pour être impitoyable et sans cœur ? Mais alors qu'il attendait que la belle Liliana s'insurge contre le procédé, il est sidéré de voir qu'elle se plie à ses exigences, en l'épousant. Comme si elle était résignée à son destin... En fait, c'est Diego qui est bientôt pris au piège, dans ce mariage forcé. Car sa douce promise éveille en lui des sentiments qu'il s'est toujours interdit d'éprouver...

Une bague à son doigt, de Pippa Roscoe - N°4144

SÉRIE : *LE CERCLE DES TROIS* - 1/3

« Emma, j'ai besoin que vous me trouviez une fiancée pour demain. » De toutes les missions impossibles que lui a confiées Antonio Arcuri, celle-ci mérite la palme ! En tant qu'assistante personnelle d'un puissant homme d'affaires, Emma sait faire preuve d'initiative et d'audace, mais son dévouement a des limites... Or, quand son patron suggère qu'elle joue elle-même le rôle de la femme de sa vie, elle se surprend à accepter...

Une reine scandaleuse, de Jane Porter - N°4145

Lorsque Josephine sauve de la noyade un inconnu, elle est immédiatement captivée par son charme. Mais Alexander est amnésique et incapable de lui donner son identité. Malgré les doutes, la passion les emporte tous deux et les lie de la plus intime façon qui soit... Jusqu'à ce que la réalité les frappe de plein fouet : Alexander n'est autre que le souverain d'Aargau. Et pour éviter un retentissant scandale royal, Josephine doit accepter de devenir sa reine...

Une alliance sous contrat, de Sharon Kendrick - N°4146

Lily retient avec peine ses larmes. Ainsi, Ciro d'Angelo, cet arrogant homme d'affaires italien, est le nouveau propriétaire de la maison familiale où elle a grandi ! Une demeure que Lily croyait avoir héritée de son père mais que sa belle-mère s'est visiblement empressée de vendre sans rien lui en dire. Que va-t-elle devenir si Ciro lui demande de quitter les lieux ? Où ira-t-elle, avec son jeune frère dont elle a la charge ? Mais alors que le désespoir menace de la submerger, Ciro lui fait une incroyable proposition : elle pourra rester dans la maison familiale, à condition de l'épouser...

Composé et édité par HarperCollins France.

Achevé d'imprimer en août 2019.

CPi
BLACK PRINT

Barcelone

Dépôt légal : septembre 2019.

MIXTE
Papier issu de sources responsables
FSC® C108412

Pour limiter l'empreinte environnementale de ses livres, HarperCollins France s'engage à n'utiliser que du papier fabriqué à partir de bois provenant de forêts gérées durablement et de manière responsable.

Imprimé en Espagne.